Management Commentary
by Anthea Zhang,
Professor at Rice University

莱斯燕语

张燕教授管理随笔集

张 燕 /著

北京大学出版社
PEKING UNIVERSITY PRESS

图书在版编目(CIP)数据

莱斯燕语:张燕教授管理随笔集/张燕著. —北京:北京大学出版社,2016.9

ISBN 978-7-301-27174-2

Ⅰ.①莱… Ⅱ.①张… Ⅲ.①随笔—作品集—中国—当代 Ⅳ.①I267.1

中国版本图书馆 CIP 数据核字(2016)第 120860 号

书　　　名	莱斯燕语:张燕教授管理随笔集
	LAISI YANYU
著作责任者	张　燕　著
策 划 编 辑	贾米娜
责 任 编 辑	贾米娜
标 准 书 号	ISBN 978-7-301-27174-2
出 版 发 行	北京大学出版社
地　　　址	北京市海淀区成府路 205 号　　100871
网　　　址	http://www.pup.cn
电 子 信 箱	em@pup.cn　　　QQ:552063295
新 浪 微 博	@北京大学出版社　　@北京大学出版社经管图书
电　　　话	邮购部 62752015　发行部 62750672
	编辑部 62752926
印 刷 者	北京中科印刷有限公司
经 销 者	新华书店
	880 毫米×1230 毫米　A5　7.625 印张　139 千字
	2016 年 9 月第 1 版　2016 年 9 月第 1 次印刷
定　　　价	58.00 元

献给我的家人

一生与你们同行，甚幸！

从生活随笔到管理随笔（代序）

　　这是一本玩微信玩出来的书。两年前，一位朋友教我用微信。我加了一些朋友，然后就成了一只从不冒泡的"水牛"。可是，我喜欢时不时地刷刷朋友圈，因为我有一些很有趣的朋友。有一位朋友是资深"驴友"，有空就出去登山。我坐在家里已经跟着她登上了好几座高山、徒步穿越了好几个国家公园。

　　相对而言，我的生活是简单甚至是有些枯燥的。我的生活基本上是学校和家两点一线，而且家与学校之间只有五分钟的车程。除了上课时和学生有交流、在家里和我的先生及两个孩子有交流，更多的时候，我是一个人对着电脑，分析数据，一遍又一遍地修改文章。所以，观赏朋友们的精彩生活，我是有点"临渊羡鱼"的意思。

　　终于有一天，我开始"退而织网"。那是在一次度假中，我远离电脑，四处随便闲逛，有点小小的感想，就随手在手机上写下来了。没想到发在朋友圈之后，有好多朋友点赞和跟帖，这让我很受鼓励。其实在那之前的十几年里，我已经很少写中文，也很少写与学术无关的文章。慢慢地，我青少年时期还算不错的中文写作能力逐步地在指尖恢复。有意思的是，我的大脑似乎对这两种写作制定了不同的程序：要写英文学术文章，我必须坐在电脑前；要写中文随笔，拿着手机更容易让我进入状态。

我开始用微信记录身边的事情和想法。这就像写日记，只不过这些日记是要与别人分享的。既然要与别人分享，内容当然要开心些、美好些。毕竟，没有谁愿意或者有责任去当别人抱怨生活的精神垃圾桶。为了记录快乐的事情，我就需要寻找快乐的事情；实在没有，就要创造出一些快乐的事情。譬如，喝茶时，把茶杯、茶点摆放得漂亮些。于是，一个快乐的瞬间就被创造出来、记录下来了。这样做，看起来可笑，但是确实起到了正向心理暗示的作用。不信试一试，穿戴整齐，对着镜子微笑，对自己说几遍："我很开心！"然后微笑着走出家门，很有可能，你这一天就是开心的。相反，如果你总是对自己说，"我的人生很糟糕"，非常可能，你的生活就会变得很（更加）糟糕。

如果只是这样，我的文章大概也就停留在"鸡汤文"的水平上了。可是，生活中，除了风花雪月，还有很多严肃的话题。对我而言，一个重要的转折点是 2015 年春节前后有关柴静及其关于雾霾问题的纪录片的争论。我写了一篇文章，题为《从 NBC 的布莱恩·威廉姆斯的被停职看柴静及她的〈穹顶之下〉》。这篇文章得到很多朋友的欣赏及推送，让我很受鼓舞。由此开始，我试图用管理学的理论来分析、诠释我们身边正在发生的商业、管理问题，譬如企业高管突发疾病、死亡对企业的影响，德国大众汽车公司的"排放门"丑闻，以及谷歌的海外反垄断调查，等等。

我在《写作两类文章的随想》一文中谈到，写管理随笔与写学术文章有不同的目的，也有不同的价值。学术文章的写作与发表周期很长，注重理论的原创性和实证的严谨性。随笔类文章则侧重于时效性和对实践的针对性。因为这些区别，这两类文章通常是由不同的人来写的。我在本书中的文章算是做个跨界的尝试。尝试的效果如何，自然要由读者们来判断。

本书分为三个部分。第一部分是"时事管理篇"，不仅包括了我对目前一些管理问题的分析以及对学术研究生涯的反思，而且收录了我以前发表的有关公司高管继任及公司治理的管理实践类文章。第二部分是"生活旅行篇"，记录了我在美国、澳大利亚、日本和墨西哥等地旅行的观察与感想。第三部分是"子女培养篇"。如果说前两个部分分别体现了我作为一位学者和一个游客的身份标签，这一部分则体现了我的另一个身份标签：两个孩子的妈妈。我的女儿17岁，上高中四年级；儿子11岁，上初中（六年级）。这部分不仅包括了我的育儿体会，更有意思的是，还包括了我女儿的7篇文章。女儿是她们学校校报的记者和编辑，她的作文获得了美国"Scholastic Art & Writing"全国金奖（2016）和全国银奖（2012，2014）。希望她的文章能够使读者们管中窥豹，了解美国中学生活的一个侧面。

本书的出版得益于很多人的帮助。感谢我微信朋友圈的朋友们。你们的精彩生活丰富了我的生活；你们的点赞、跟帖及推送鼓励我把生活中的点滴记录下来。非常感谢北京大学出版社的林君秀老师和贾米娜老师。如果不是林君秀老师的鼓励，我就不会有把文章结集出版的想法。贾米娜老师是本书的责任编辑，她对书中的每一篇文章都进行了仔细的审阅，纠正了我原文中很多语法、表达甚至事实上的错误。从这两位老师的身上，我再次体会到"北大精神"。

此外，非常感谢清华大学经济管理学院的陈劲教授、美国华盛顿大学福斯特商学院的陈晓萍教授、中山大学管理学院的李新春教授、北京大学光华管理学院的武常岐教授以及中欧国际工商学院的忻榕教授。这几位教授是我的良师和益友。感谢他们对本书的推荐。最后，感谢我的先生李海洋教授、女儿子檀和儿子子豫。我们一起创造了一份美好的生活，这份美好不仅藏在心里，还流露于指间、反映在这本书中。

张　燕

2016 年 7 月 15 日

于美国休斯敦

目　录

第一部分　时事管理篇

高管突患重病？这四招可缓解冲击波　/ 003

大众汽车"排放门"之后的监管之栓　/ 008

人文的力量及人性的光辉：2015 年叙利亚难民问题
　　之一　/ 014

人文与理性：2015 年叙利亚难民问题之二　/ 016

谷歌如何应对海外反垄断指控？　/ 019

从小扎捐款谈美国社会的慈善捐赠　/ 022

墨西哥度假胜地坎昆的商业模式和交易成本理论　/ 026

听前国务卿詹姆斯·贝克三世谈古论今　/ 031

参观埃克森美孚石油公司　/ 035

从美国全国广播公司名主持布莱恩·威廉姆斯
　　被停职看柴静现象　/ 037

高管传承的艺术　/ 043

培育高管，告别 CEO 继任危机 / 061

屡见不鲜的公司治理问题：一个全球性顽症？ / 075

中国和印度的公司治理变革：机遇与挑战 / 091

治学的态度 / 107

年轻人，给你自己找个导师 / 112

写作两类文章的随想 / 118

年末欢聚及总结 / 121

莱斯村记 / 124

第二部分　生活旅行篇

澳大利亚的选择 / 129

再访悉尼 / 133

范尔踏雪行 / 137

西锁岛、落日与海明威故居 / 142

加州蒙特利，旧地重游忆当年 / 147

重回母校南京大学 / 151

拉斯维加斯与大峡谷 / 154

重游京都 / 157

坎昆泳池吧的着装标准 / 161

小院风情 / 165

我想随心所欲
　　——读晓萍的新书有感 / 169

有一天，当亲人逐渐远去 / 172

熨斗来了 / 175

2015 年感恩节聚会前记 / 178

第三部分 子女培养篇

和孩子们一起成长 / 183

选择的权利 / 189

美国中小学教育观察 / 193

女儿的文章:一个美国中学生眼中的学校生活 / 201

　创新型教室:放飞学生的想象力 / 201

　课外实践考察:是个有效的学习方式吗? / 208

　为高中毕业后的"间隔年"正名 / 212

　一名乒乓球选手的奋斗之路 / 216

　高中男排遭遇滑铁卢 / 220

　嫉妒在情人节的花束中蔓延 / 226

　教师的女儿卖曲奇饼卖出了新高度 / 229

第一部分

时事管理篇

高管突患重病？这四招可缓解冲击波

今年国庆期间，正在人们享受长假的时候，有个不幸的消息传出来：滴滴快车的总裁柳青——很多人心目中的美女女强人，患上了乳腺癌。无独有偶，她的老东家高盛集团的首席执行官（CEO）兼董事长劳尔德·贝兰克梵（Lloyd Blankfein）于 9 月 22 日向公众宣告，他患了可治愈的淋巴癌并将接受治疗。也许有人会说，高盛的工作强度太大了（这也是实话），但事实上，这样的事情不仅仅会在高盛发生。10 月 15 日，美国联合航空公司刚刚上任 37 天的 CEO 奥斯卡·穆诺茨（Oscar Munoz），因心脏病突发而住进医院。这几例公司高管患病及其公司的处理方式可以为其他公司提供重要的借鉴。这些借鉴主要体现在以下四个方面：第一，及时、透明地公开信息；第二，分离 CEO 与董事长这两个职位；第三，建立高管接班人计划；

第四，关注与患病高管共事人员（尤其是董事会和高管团队的其他成员）的情感和精神健康。

及时、透明地公开信息

劳尔德·贝兰克梵患病后迅速地将自己的病情通知董事会、高管团队和公司的重要客户，高盛继而及时将这一信息披露给公众。相反，奥斯卡·穆诺茨在10月15日入院后，美国联合航空只在第二天发了一个包括47个词的简短公告，说了几句无关痛痒的官话。它的股东及其他利益相关方目前只能猜测奥斯卡·穆诺茨的病情到底有多严重，谁会接替他来驾驶美国联合航空这架巨无霸"大飞机"。对多数人来说，他们的健康信息属于个人隐私。但是，对于上市公司的高管来说，他们健康与否牵涉到方方面面的利益，譬如股东、员工、公司客户和供应商。因此，美国证券管理委员会（Securities and Exchange Commission，SEC）要求上市公司披露任何可能对其造成实质性影响（material impact）的信息。但是，各个上市公司的董事会有很大的自由度去界定什么是有"实质性影响"的信息。滴滴快车作为一个非上市公司，没有责任向公众披露这样的信息，但是有责任向其投资者披露这样的信息。

对一个上市公司而言，及时、透明地公开高管的患病信息十分重要。这种披露虽然短时间内会引起动荡，却能够建立利益相关方对该公司的信任。反之，如果高管或者公司将此消息隐而不发（或者披露不足），则可能使得谣言满天飞，导致利益相关方对该公司产生不信任感，质疑该公司是否在刻意隐瞒重要信息。

分离 CEO 与董事长这两个职位

9 月 22 日，美国银行（Bank of America）的股东们因为对其业绩不满，希望通过改善治理结构来提高绩效，从而发起股东投票，希望能够迫使其 CEO 布莱恩·莫伊尼汉（Brian Moynihan）辞去董事长职位。美国银行股东的这次投票没有成功。劳尔德·贝兰克梵的患病，却提供了另一个理由，来说明分离这两个职位非常重要。作为高盛的 CEO 兼董事长，如果劳尔德·贝兰克梵离开岗位接受治疗，那么这两个重要职位将会同时出现空缺。反之，如果两个职位分离，万一有一个人出现意外，另一个人还可以行使领导职责。与美国上市公司相比，中国上市公司中 CEO 兼任董事长这个现象并不普遍。我对两国上市公司的研究表明：中国上市公司中只有大约 16％ 的公司其 CEO 兼任董事长；而在美国标准普尔 500 公司中，这个比例达到 74％。总之，分离这两个职位不仅能够改善公司治理结构，还能够提高公司的抗风险能力。

建立高管接班人计划

这几例高管患病事件也突显了高管接班人计划的重要性。高盛内部人才济济，挑选劳尔德·贝兰克梵的继任者并不是一件难事。但是，如果高盛已有正式的接班人计划，那么预定的接班人就能迅速弥补劳尔德·贝兰克梵离岗所留下的空缺，从而减轻其患病对公司造成的不利影响。奥斯卡·穆诺茨的心脏病如果很严重，就会对美国联合航空造成比较大的挑战。他的前任杰夫·斯密塞克(Jeff Smisek)前不久突然离职，他就任 CEO 只有一个多月。如果他的病情严重，美国联合航空就需要立刻再找一位继任者。

关于接班人计划，一个成功的例子是麦当劳公司。该公司两次在 CEO 突然不幸去世后都迅速任命了新的 CEO，来保证公司的平稳运营。事实上，不仅是 CEO，每一个关键的高管岗位都应该有接班人计划。精心安排的接班人计划能使公司更好地对抗危机，包括那些由高管严重疾病或死亡带来的危机。

关注与患病高管共事人员（尤其是董事会和高管团队的其他成员）的情感和精神健康

我及合作者最近的一项研究发现，如果一个上市公司经历了独立董事死亡事件，这个公司的 CEO 对并购的欲望就会下降，导致并购数量和规模双降低。我们的这一发现与"创伤后成长"理论的预测一致。该理论认为，朋友的死亡会加强当事人对死亡的认知从而降低外部目标如声誉和财富对他而言的重要性。在这几个例子中，患病高管可能会使董事会和高管团队的其他成员意识到"我也会有这一天"！当疾病和死亡离他们如此之近时，他们就可能不再愿意努力工作、发展公司了。因此，主动关注与患病高管共事人员的情感和精神健康对公司来说意义重大。

意外很难避免，但是，公司需要并且能够建立必要的应对机制。分离 CEO 与董事长这两个职位、建立高管接班人计划这两项措施能够降低高管患病或死亡事件带来的动荡。及时、透明地公开信息能够建立相关利益方对公司的信任。最后，关注与患病高管共事人员（尤其是董事会和高管团队的其他成员）的情感和精神健康能够降低这些意外事件对其他人的冲击。总体而言，这些应对机制能够提高公司的抗风险能力，最大限度地降低意外事件所带来的负面影响。

（2015.10.21）

大众汽车"排放门"之后的监管之栓

2015年9月18日，德国大众汽车公司的柴油机尾气排放丑闻（"排放门"）在美国爆发。大众公司承认，在全球1100万柴油机车型中安装了欺骗性软件。在尾气排放测试中，该软件能够限制尾气排放，让测试结果看起来很清洁。但是，当车辆在道路上正常行驶时，该软件则会关闭，尾气的排放量则可能达到法定标准的40倍。美国市场历来是大众公司的薄弱之处。大众公司试图销售大量"清洁型"柴油机车型来争夺美国市场，继而以此超越日本丰田成为全球最大的汽车企业。因此，"排放门"对大众公司而言，不仅会导致巨大的财务冲击，而且对其全球整体战略也是当头一棒。

"排放门"爆发之后的四个股票交易日中，大众公司的股价暴跌1/3，市值蒸发了大约260亿欧元（约合290亿美元）。公司 CEO 马丁・温特科恩（Martin Winterkorn）随即宣布引咎辞职。这次事件似乎是继美国通用公司的点火开关故障、日本本田公司的安全气囊问题以及丰田公司的"刹车门"之后，又一起发生在全球汽车行业中的产品丑闻。但是，值得指出的是，大众公司的"排放门"与其他汽车公司的产品丑闻有两个重要的不同之处。

第一，在通用、本田和丰田的产品丑闻中，所涉及的车型直接导致了一些司机与乘客的身体伤害甚至死亡。举例来说，通用公司的点火开关故障被指责导致了至少 124 人丧命、275 人受伤。对于现有和潜在的消费者来说，他们对此的感受可能是："这个受害者可能就是我啊！"这种担心和恐惧感会使许多潜在消费者转而购买其他公司的产品。与此不同的是，在大众公司的"排放门"中，直接受到损害的是自然环境，而自然环境是"公共品"（public goods）。对于那些环保意识比较薄弱的人而言，他们的反应可能是："这和我有什么关系？"有些人甚至会说，那些大型越野车、卡车和跑车造成的污染排放比大众公司的柴油机车型还要大。因此，大众公司的"排放门"对他们购车行为的影响可能是有限的。另外，由于是自然环境这个公共品受到了损害，因此我们很难明确地鉴别本次"排放门"的个体受害者。尽管一些律师正在努力发起针对大众公司的集体诉讼，但如何去证明个体消费者的健康已经被其柴油机车型的尾气伤害（以及伤害的程度），将是一个非常棘手的问题。

第二，大众公司与其他公司在它们的"犯错意图"上是不一样的。通用、本田和丰田的产品丑闻是其管理及运营问题的副产品。譬如，本田车型的安全气囊问题来自其供应商的产品质量问题。通用和丰田的产品问题源于其产品设计上的缺陷。当然，这并不意味着这三家公司在它们的丑闻事件中是无辜的。但是，最起码，这些公司并没有故意制造这些问题。与之不同的是，大众公司刻意在其柴油机车型上安装软件，以此来欺瞒有关监管机构，属于刻意欺骗。就如在刑事法庭中，面对同样的结果，被告方是否有犯罪动机及其犯罪动机的强弱，都会影响判决结果及量刑轻重。同样，这些公司在其产品丑闻事件中是否有明确的"犯错意图"，也会影响监管机构对这些丑闻的判断和归责，以及相应的处罚。

这两点差异意味着什么呢？这些差异决定了如何有效地处罚这些犯错的公司。在通用、本田和丰田的产品丑闻中，因为有消费者为此受伤甚至丧命，从而导致其他消费者转而购买其他公司的产品，因此，产品市场上的销售量及市场份额的下降可以视为对这些犯错的公司的处罚。另外，代表现有消费者的集体法律诉讼（class action）会迫使这些公司支付巨额赔偿。譬如，在通用公司的点火开关故障丑闻中，对 124 例死亡中的每一例，通用公司都至少赔偿 100 万美元。因此，法律市场对这些公司也起到了处罚作用。另外,今年 9 月初,美国司法部(Department of Justice)对通用公司开出了 9 亿美元的罚单。这样,产品市场、法律市场和监管机构共同处罚了通用公司。

相反,在大众公司的"排放门"中,由于受到伤害的是自然环境,而且又有很多消费者可能对此无所谓,于是,产品市场就起不到处罚作用。柴油机车型最大的市场在欧洲。根据欧洲汽车制造商协会的最新统计,2015 年 9 月,大众汽车在欧洲的市场份额只从去年同期的 11.7% 微降到 11.3%,其总体销售量增长了约 6%(欧洲市场总体销售量增长了约 9.6%)。尽管现在判断"排放门"对大众汽车的销量和市场份额的影响还为时过早,不过,这些市场数据说明影响也许不会太大。此外,因为"排放门"的单个受害者难以识别,法律市场也很难起到作用。这样,无论是产品市场还是法律市场,可能都不足以处罚大众公司。

当市场这只"无形之手"不起作用时,监管机构这只"有形之手"就成了最后的手段。在大众公司的"排放门"中,最有力的处罚方式将是监管机构(尤其是美国的监管机构)开出的巨额罚单。据报道,大众公司正在安排约 65 亿欧元(约合 73 亿美元)的资金,来应对即将到来的财务冲击。同时,来自监管机构的巨额罚单,还能有效地降低大众公司及其他厂商未来的欺骗意图。面对巨额的罚单,汽车厂商及其他行业的企业,会重新估算刻意欺瞒监管机构可能获得的收益和需要付出的成本。一旦它们发现成本远高于收益,它们未来的欺骗意图就会大大降低。

中国市场上,产品质量问题层出不穷。我们需要建立一个更有效的监管体系。第一,产品市场上的消费者选择本身就是一个有力的处罚措施。一个典型的例子是 2008 年三鹿集团的三聚氰胺奶粉丑闻。该丑闻从三鹿集团一家企业蔓延到整个中国奶制品行业。大中型城市的中国妈妈们集体罢购中国内地企业的奶粉,纷纷到中国香港、中国澳门、澳大利亚、新西兰、欧洲等地购买奶粉。近来,有些中国内地奶制品行业的从业人员抱怨说,其实他们的产品质量堪比进口产品。譬如,他们的企业能保证鲜奶在 24 小时内被加工。相比之下,澳大利亚的奶农们可能要花更长的时间才能把鲜奶送到集中加工地。尽管如此,消费者依旧不相信、不买账。其实,消费者对涉及产品丑闻的企业及行业不相信、不买账,正体现了产品市场对企业的制约力量。

第二,美国的一些"高危"行业,譬如化工、石油等,有行业协会对本行业进行"自我监管"(industry self-regulation)。这样做的逻辑是,如果从业企业不把自己管好,一旦一个企业出事,整个行业就会跟着遭殃,政府就要来监管。行业"自我监管"其实是从业企业为了避免政府过度监管的主动行为。行业的龙头企业通常在行业"自我监管"中起到带头作用。一方面,是因为龙头企业有实力、有威望。另一方面,一旦出事,它们受到的损害最大。小企业可以打一枪换一个地方,龙头企业却很难彻底离开本行业。中国的行业协会需要在这方面起到更大、更主动的作用。

第三,利用集体法律诉讼来处罚犯错企业。让大嘴美女茱丽亚·罗伯茨(Julia Roberts)获得奥斯卡影后的电影《永不妥协》(Erin Brockovich),讲述了律师代表一群受害者维权的故事。说实话,维权律师在美国的形象不太好,被认为比较贪婪,因为一旦维权成功,他们获得的利益比实际受害者更多。尽管如此,还是不能否认他们的作用。让个体消费者、受害者单独去找犯错企业维权是一种很低效的方法,他们不可能有足够的时间、精力和知识去对抗大企业。维权律师牵头的集体诉讼相对而言是一种更为有效的方法。

第四,政府监管机构不可能什么都管,它们最重要的角色有两个:(1)设计及完善游戏规则,让市场上的各方,包括从业企业及其行业协会、消费者、律师等相互博弈、相互制约,让市场这只“无形之手”充分发挥作用。(2)当市场的制约作用失灵时(比如大众公司的“排放门”),监管机构能及时补缺,对犯错企业处以重罚。

总而言之,只有建立一个多方参与、相互制约、相互补充的监管体系,我们才能有效地解决产品质量问题,而不是总处在灭火式的应急状态。

(2015.10.25)

人文的力量及人性的光辉：
2015年叙利亚难民问题之一

　　有时候，我们也许会问，人文作品到底有什么用？当然，好的小说、电影及摄影作品给人以愉悦感。饮酒、品茶、讨论一些人文作品，够范儿、够小资。除此之外，它们还有什么用呢？不能吃，不能治病，也不能把卫星送上天。

　　可是，有时候，人文作品却能够改变世界。2015年夏天以来，叙利亚等国的难民涌入欧洲。欧洲各国政府焦头烂额，却又束手无策，加强边防、停运铁路等招数都用上了。9月2日，一张照片登上各大网站及报纸。照片中，亚兰·库尔——一个三岁的叙利亚男孩——的遗体，静静地躺在靠近土耳其博德鲁姆的沙滩上。他和家人所乘坐的难民船在驶往希腊的过程中翻沉。每个生命都很珍贵，失去他当然是其家人的痛。可是，如果没有这幅摄影作品，他的生命，就如流沙，逝去了，却没有留下痕迹。

面对这幅摄影作品,我们无法不动容。不管是持有不同观点的政客,还是享受安逸生活的民众,都会意识到,我们该做些什么。我们不能假装难民是"他人",发生在中东的事情与我们无关。德国今年已经接受了41.3万名难民,预计到今年年底总共会接受80万名难民。欧洲其他国家也逐渐开始接受难民。美国自己虽然正在为来自拉美各国的非法移民忙得焦头烂额,但也承诺要接受1万名叙利亚难民。

欧美各国此次接受如此多的难民,将来一定会有负面的影响,包括贫穷、失业、种族对立及社会治安,甚至一些恐怖分子也有可能混进来。即使会有这些可能的恶果,他们依旧向难民敞开大门。他们这么做,并不是因为这是一件对他们有利的事,而是因为这是一件正确的事。判断一个人是不是有绅士风度,不是看他有多少钱,而是看他在危难之际是否将生存的机会让给妇女和儿童。判断一个国家是不是有大国风范,不是看其国内生产总值有多大,而是看其在关键时刻是否向弱小民族伸出援助之手。当难民们高呼"德国""德国"之时,他们已经用脚向德国投票了。向德国致敬!向默克尔致敬!

人文的力量,在于能激发人性的光辉。也正是因为人性中的光辉,才让人文的精神得以长存。

(2015.9.10)

人文与理性:2015年叙利亚难民问题之二

我在前文中讨论了"人文的力量与人性的光辉"。好友廖晖(美国马里兰大学组织行为学讲席教授)评论说,"人文作品的作用是,让大家看到了有血有肉的受难者,而不是一大群抽象的人"。她用心理学研究中所发现的可辨识受难者效果(Identifiable Victim Effect,IVE)解释说,"当人们能够清楚地辨识受难者的个性时,他们更愿意提供援助"。可是她也指出,"这其实不一定是理性的做法"。我非常同意廖晖的见解。人文作品所引发的人性光辉,不一定能达到资源的优化配置。很多时候,最引人注目的事情,而非最重要的或最紧急的事情,得到了更多的资源。

如何解决这个问题?我们需要依赖理性的力量。具体地说,尽管公众是因为同情可辨识的受难个体而捐助,但是捐助的受益者不应该仅仅是这些人，而应该包括其他类似的受难者。毕竟，这些可识别的个体，代表的不仅仅是他们自己，还有那些与他们具有相同处境的群体。回到叙利亚难民这个问题上来，如果因为亚兰·库尔遗体的照片，仅仅他的家人得到西方国家的接纳，这是不公平的，甚至还有伦理方面的问题。如好友沈芳指出，与亚兰·库尔同船遇难的还有其他人、其他儿童；亚兰·库尔的爸爸可能就是"蛇头"，应该对这些遇难者负责。可是，既然因为这张照片的影响，西方国家向上百万的难民敞开了大门，那么这张照片中的孩子是亚兰·库尔还是另一个孩子，亚兰·库尔是否有个"蛇头"爸爸，已经不再相关。

举另一个例子，关于某个失学儿童的报道，常常引发社会捐助。可是通过后续报道可能会发现，所捐助的资源被这名儿童的父母或其他人挪作他用。这样的结果显然会伤害公众的捐助热情。可是，最初的捐助模式本身就可能是非理性的。一个孩子的教育经费不需要一个社会的捐助；社会捐助应该面向失学儿童这个普遍的群体，而不仅仅是所报道的个体。

我们不仅需要理性来优化资源配置，还需要理性的制度来降低个体发挥人性光辉的成本与风险。现在，老人摔倒没人敢扶，几乎已经成为默认的规则。如果一位老人在地上哭喊，"扶我起来，我不讹诈"，这就是整个社会的羞耻。广东佛山的女童小月月被车两次辗压，18个路人视而不见,后来一个拾荒的阿婆将她抱走,这个故事中,车子所碾过的不仅仅是她稚弱的躯体,而是整个社会的良知。可是,我们似乎又很难指责那些观望的人们。不是每个人都是英雄。让普通民众不计后果地帮助他人,是不切实际的幻想。我们需要建立一些制度,譬如,对恶意讹诈他人的行为的处罚。尽管每个人内心都有人文精神的种子,但这些种子需要理性制度的保护,才能绽放出光彩。

人文精神的反面是魔性;从人性到魔性有时候只是一念之差。反思当年争得沸沸扬扬的药家鑫案,没有什么证据表明他是个恶人,但他却做了无可挽回的恶事。他当时的想法我们不得而知。可是,设想我们能用理性的安排来确保,即使犯了错(当然应该尽量避免犯错),例如开车撞了人,因为有足够的保险和公正的法律,我们所犯的无心之错,是可以承担的有限责任。这样,人们是否更可能去承担这个有限责任,而非去铤而走险呢?

没有人文精神,不仅个人会麻木,整个社会都会沉沦。那样的话,我们就会变成"只剩下钱的穷人"。但是,仅仅呼唤人文精神是不够的。我们还需要理性的制度,来降低个体发扬人文精神的成本与风险。我们需要理性的安排,让人文精神所激发出来的资源得到更为公平的、有效的、可持续的配置。

(2015.9.13)

谷歌如何应对海外反垄断指控？

　　随着欧盟竞争委员会对谷歌反垄断指控的加深，上周，印度公平竞争委员会也对谷歌发起了类似的反垄断指控。这些监管者认为谷歌滥用其在搜索市场上的主导地位，来提升谷歌在其他业务上的竞争地位；而谷歌的这种行为不仅损害了竞争者的利益，还损害了消费者的利益。还有哪些国家会加入对谷歌的反垄断指控？谷歌的欧洲反垄断噩梦会不会演变为一个全球性的噩梦？

　　谷歌如何解决这个令其头痛的问题呢？游说监管者或者公关活动等是常见的消除危机的手段。而谷歌最近新成立的母公司 Alphabet 则可能给它提供了另外一个战略选择。在上个月宣布的公司架构重组中，谷歌将其搜索业务（也包括安卓操作系统和 Youtube 视频）和其他的风险类项目（如无人驾驶汽车等），进行剥离。这个新的公司架构将会允许谷歌的创建者拉里·佩奇和谢尔盖·布林(这两人将直接管理 Alphabet)将更多的精力放在有前景但还不太成熟的风险类项目上。另外,华尔街的投资者非常欣赏拉里·佩奇的表态:"谷歌和 Alphabet 的其他业务将在财务上互相独立。"他们希望这个新的组织架构能够增强谷歌对投资者的透明度。

一个没有被提到但是非常可行的做法是,谷歌可以用这个新的组织架构来应对监管者的反垄断指控。需要指出的是,监管者介意的并不是谷歌在搜索市场上的垄断(谷歌在搜索领域的市场份额在北美达 76%,而在大部分欧洲国家超过了 90%)。这些监管者真正介意的是,谷歌是否用其在搜索市场的主导地位去提升其在其他业务上的竞争地位。因此,如果谷歌(更准确地说是 Alphabet)能够在其搜索业务和其他业务之间构造一道防火墙,就应该可以减轻监管者的担忧。相比谷歌之前的公司架构,这个新式的伞形架构使得构造防火墙一事更加可行。

无独有偶,与此类似的是互联网泡沫破裂后,美国监管者对一些投资银行的指控。对投资银行而言,其研究部门与投资部门有着利益冲突。在研究部门中,股票分析师为其所跟踪的公司股票评级,撰写公司业绩评估报告,在资本市场上承担着重要的独立信息中介的作用。他们对某只股票的推荐或不推荐,能够在很大程度上影响个体投资者的股票买卖行为。然而,其投资部门却需要取悦客户或潜在客户以获得这些公司的投资业务。因此,投资部门会促使同公司的股票分析师去美化客户或潜在客户公司的绩效表现。因为这样的利益冲突,股票分析师的独立性、公正性受到了严重的损害。事实上,纽约州总检察长艾略特·斯皮策基于此对美林证券提出了诉讼。最终美林证券支付了 1 亿美元的罚金来进行和解。此诉讼案进一步引发了美国证监会对其他投资银行的调查潮。最后,除罚款之外,斯皮策成功地推动了华尔街投资银行的"结构性变革",即在其研究部门和投资部门之间建立防火墙,以减缓彼此之间的利益冲突。

诚然,谷歌成立 Alphabet 进行组织架构重组,并不一定是为了应对监管者的反垄断指控。因此,谷歌是否用这一招将取决于其与监管者的进一步博弈。如果监管者态度强硬,这次的组织架构重组将是一步明智的先手棋,使得谷歌能根据需要随时建立起防火墙。反之,如果监管者态度不强硬,谷歌的领导者将遵循他们原来的战略计划,集中精力开发那些有前景的风险项目。

(2015.9.2)

从小扎捐款谈美国社会的慈善捐赠

Facebook 的创始人及 CEO 马克·扎克伯格（Mark Zuckerberg）的女儿出生之际，小扎承诺将捐出他在 Facebook 股份的 99％用于慈善。按照现在的 Facebook 股价，他的股份价值大约为 450 亿美元。上周末，莱斯大学的校长邀请 101 位主要捐赠者到他家里，庆祝 2015 年莱斯大学 United Way* 活动圆满结束。我们这 101 位主要捐赠者的捐赠总额，也比不上小扎捐款的九牛一毛。不过，小扎这样的超级富豪的捐款和普通人的捐款，倒是更全面地体现了这个社会的慈善捐赠行为。

美国的慈善捐赠有其文化传统。很多孩子从小和父母一起去教会。在做礼拜时，有时会有一个小盒子传过

---

* United Way 是一个著名的慈善组织。

来，收集捐款。捐多少不是问题，重在参与。孩子们在这样的环境中成长，很容易培养出捐赠意识。

美国的慈善捐赠还有制度上的激励。最重要的制度激励当然是税收，因为慈善捐赠是免税的。对一个家庭来讲，如果他们的边际税率是 33％，那么如果他们捐出 1 000 美元，实际上自己只出了 670 美元。

另外，一些公司为了鼓励员工捐赠，会对员工的慈善捐赠进行匹配。譬如，一位员工给红十字会捐了 1 000 美元，公司也会给红十字会捐 1 000 美元。这样，这位员工只出了 670 美元，却达到了 2 000 美元的捐赠效果。这样的制度环境可以调动人们的捐赠积极性。

莱斯大学作为一个非营利组织，不能给其员工的慈善捐赠以匹配（本来自己就靠捐赠，所以不能拿别人的钱去做慈善，慷他人之慨）。最近两年，有位校董支持我们学校的 United Way 活动。员工给 United Way 的捐赠，他自己出钱进行匹配（当然有上限，否则他也扛不住）。果然有钱就是任性！

因为这些文化和制度的因素，捐赠就成为一种常态。每到年底，不捐点钱给孩子们的学校、当地的医院、红十字会、United Way，等等，自己都觉得不好意思。根据美国银行（Bank of America）对高净值家庭（年收入 20 万美元以上，或者除了主要住宅之外的其他财产达 100 万美元以上）的调查，98.4％ 的这样的家庭在 2014 年进行了慈善捐款。

慈善捐赠不只是小扎这样的超级富豪的奢侈行为。普通人也可以尽一份心、一份力。年末欢度节日,也因为帮助别人来得更有意义。

（2015.12.12）

美丽的莱斯大学校园

墨西哥度假胜地坎昆的商业模式和交易成本理论

从加勒比海的坎昆（位于墨西哥）度假回来，谈谈坎昆的商业模式吧。

坎昆的酒店区处于一个呈"7"形的半岛上，大大小小几十家酒店沿着海岸排开，大多数采用"全包"的商业模式。所谓"全包"，是指机票、酒店住宿及娱乐设施、所有的餐饮（包括酒精与非酒精饮料，以及24小时供应三明治、水果等食物）、税收以及小费全部包括。如果事先把机场接送也安排了，就可以做到预付所有费用，度假时只要带上好心情就可以尽情享受了。

这种商业模式比较接近于游轮（cruiser）度假，在其他地方很少见。坎昆为什么采取"全包"这种模式？这种模式对当地经济有什么样的影响？在我看来，采用这种模式是用内部化（internalization）来应对因制度缺失所导致的高交易成本。这种模式虽然能够创造就业，但是不足以鼓励创业。

科斯（Coase）的交易成本理论解释了经济学及管理学中的一个重要问题：企业的界限设在哪里？譬如，医院和学校这样的设施，可以企业自己办，也可以交由社会来办。同样，制造企业用的零部件可以自己造（make），也可以从独立的供应商那儿买（buy）。"造"还是"买"，做的业务是一样的，所不同的是如何组织这些业务。"造"是内部化，"买"是市场交易。

"买"所涉及的市场交易成本包括事先搜索合格的供应商、协商及签订合同，以及事后执行合同所带来的成本。"造"则涉及企业内部的协调控制成本，以及因（市场）竞争缺失所带来的效率损失。那么，何时"造"，何时"买"？企业的界限应该设在哪里？科斯的理论认为，企业界限的选择是为了让交易成本最小化。

回到坎昆的商业模式上来，坎昆显然具备足够的餐饮设施来满足游客的餐饮需求，但让我们设想一下，如果这些餐厅都是独立的经营实体，那会发生什么样的事情呢？一方面，它们之间的竞争可能让它们办得更好、更有特色；但另一方面，当外国游客（坎昆大多数的游客来自美国及欧洲）来的时候，也可能是宰你没商量。事实上，坎昆的出租车宰客挺有名的：游客比当地人付得多，住在豪华酒店的游客付得最多。

在转型经济（或次发达）国家里，发生这样的事情很正常。在这样的环境里，游客比当地人相对富裕，这种差距会引起宰客的动机。同时，制度的缺失和监管的不力，又降低了宰客的成本。在这样的环境里，挥舞着道德的大棒，要求个体商户为了坎昆的集体旅游商誉而善待游客，是不切实际的幻想。

也就是说，在这样的环境里，如果依赖市场交易来解决游客的餐饮需求，交易成本会很高。对游客而言，一日2—3餐需要找地方解决，每个地方都要仔细地看菜单和账单（这是一盘虾的价钱还是一只虾的价钱？），语言及货币的差异会进一步提高市场交易成本。相比较之下，"全包"这种模式将游客抵达后的餐饮、娱乐等活动内部化，最大限度地降低了交易成本。

对游客而言，这种"全包"模式创造出一种轻松感：不用担心到哪儿吃喝到哪儿玩，也不用担心花多少钱去吃喝玩乐。这种轻松感和美景美食共同构成了坎昆的独特度假体验。这种体验更受有老有小家庭的欢迎。很多家庭是来了又来，有时甚至是几家结伴一起来。

这种"全包"模式对当地经济的影响就不是这么简单的了。毫无疑问，这种模式能够创造就业，大大小小的酒店里的服务人员非常多。但是，这种"全包"的内部化模式却挤压了当地的创业机会。不仅酒店采取"全包"模式，附近的几家主题公园也属于一家公司所有，这些公园及附近的小岛旅游也都采取"全包"模式。游客要么待在酒店里,要么乘旅行大巴直接去主题公园或小岛,没有动机去光顾当地居民做的小生意。

事实上,当我们入住的时候,酒店前台建议我们避开当地的居民区和商业区。在离豪华酒店不远的地方,就有一些民房。在一个市场经济的环境里,这些房子所在之处是寸土寸金,开个小酒吧、小餐厅,或者小旅馆,都是很好的选择;但是在坎昆,却没有什么用途。

总体而言,坎昆旅游业发展所带来的红利,大部分都被当地政府和大企业以及有背景的大家族攫取了,普通老百姓的收益有限。因为受益程度的不同,社会阶层之间的差距不仅不会缩小,反而会增大。在这种发展模式之下,要进一步提高社会底层民众的生活水准,光靠提高国内生产总值总量已经不够了,而是需要政府的政策性倾斜,把更多的资源配置给社会底层的民众,包括其教育、医疗卫生及公共设施等。这个问题,坎昆的旅游经济如此,中国整体的社会经济发展亦如此。

(2015.12.28)

度假胜地坎昆

听前国务卿詹姆斯·贝克三世谈古论今

今天下午参加全国公司董事协会（National Association of Corporate Directors，NACD）的活动。主讲嘉宾是前国务卿詹姆斯·贝克三世（James Baker III）。老先生85岁，精神却非常矍铄。他分享了当年和里根总统、老布什总统、克林顿总统共事时的一些趣事。主持人和观众提了很多与时事相关的问题，譬如中东局势、2016年总统大选以及枪支管制，老先生都分享了他的观点。

是否同意他的观点不重要，令人钦佩的是，85岁高龄的他，思维是如此严谨、反应是如此敏捷。如果前半段主持人的问题他还可以提前准备，那么后面的听众提问他肯定是即兴回答了，在这种情况下，却也是提问者话音刚落，他就开始回答了。无论是20世纪80年代的史实，还是今日的现状，他的回答都是内容翔实、逻辑清晰。

老先生还特别有幽默感。有人问他对共和党的热门候选人唐纳德·特朗普（Donald Trump）的看法。他说，"1986年税改时，唐纳德·特朗普到我在华盛顿的办公室，'教育'了我一通，就像他现在'教育'美国民众一样"。他相信特朗普不会获得共和党提名。贝克先生当年离开国务卿职位后，克林顿总统建议他去担任上市公司的独立董事。他说当独立董事有风险，演讲拿出场费倒是没有风险（调侃得好啊！）。果然，他当了两个公司的独立董事，都被股东告了。他一直回避家族生意，因为"成功了没有奖励，失败了却备受指责"。一个小时过后，当主持人说"好的，谢谢您"时，他回答道："结束了吗？"一副意犹未尽的样子。在笑声中，大家全体起立，鼓掌向老先生致敬。

贝克先生及其家族与莱斯大学渊源很深。莱斯大学的公共政策研究所就以他的名字命名（Baker Institute of Public Policies）。不仅如此，贝克先生的祖父詹姆斯·贝克一世，和莱斯大学的创办者威廉姆·马歇尔·莱斯（William Marshall Rice）是挚友。莱斯先生去世后没有继承人，他的管家拿出一份遗嘱，其中指定把他的所有遗产留给他的管家。詹姆斯·贝克一世是莱斯先生的遗嘱执行人。他在遗嘱中发现了一个错别字，觉得不可思议。莱斯先生作为一个受过良好教育、非常严谨的人，怎么会在遗嘱这么一个重要文件中有错别字呢？调查的结果是，管家和律师合谋害了莱斯先生,伪造了他的遗嘱。真相大白后,人们按照莱斯先生的初衷,用他的遗产创建了莱斯大学。所以,如果当年不是因为贝克老先生的祖父,也就没有今天的百年名校莱斯大学了。

(2015.12.4)

莱斯大学的奠基者威廉姆·马歇尔·莱斯先生（1816—1900）的塑像在校园中心

参观埃克森美孚石油公司

今天下午去埃克森美孚石油公司拜访一位高管。第一次去,提前 70 分钟就离开了办公室。在高速公路上飞奔了半个小时,就到了该出的出口。心想,难得今天到得早。

一离开出口,我就糊涂了,整个找不到北。时间一分一秒地过去,要找的路还是不见踪影。稀里糊涂地一个右拐,我上了一条单行线,又被逼拐入一条正在修的路中。飞扬起的尘土中,只有几辆工程车,我沿着边道小心地前行。准备认栽了:打印出来了导航＋GPS＋谷歌地图,但就是找不到巨大无比的埃克森美孚石油公司。这已经不是"路盲"所能形容的。终于离开工地,横在面前的不正是我苦苦找的那条路吗?! 果断右拐,继续向前。路尽头,有一块不太大的大理石,赫然写着"埃克森美孚石油公司"。

停好车,进入接待大厅。明快的现代建筑,摆放着简洁的沙发,不像石油公司,倒像硅谷科技公司。大厅中有个礼品店,陈设方式呈现一派休闲风格,堪比迈阿密沙滩上的小店铺。向右一看,我吓了一跳,一个哥儿们坐在高椅子上正在享受擦皮鞋服务。哥儿们,现在可是周三下午两点啊!接待大厅中有咖啡屋不奇怪,但它旁边竟然是做头发和指甲的休闲健身中心!难道埃克森美孚石油公司改行了?不再挖油采气,转做线上到线下(O2O)服务业了?

谈了两个小时之后,我对这个公司有了更为深入的了解。埃克森美孚石油公司依旧是行业老大,令人钦佩。但它也在尝试改变,适应正在发生或可能发生的行业变化。总之,今天所见到的埃克森美孚石油公司与我以前对它的印象完全不一样。

(2015.7.29)

从美国全国广播公司名主持布莱恩·威廉姆斯被停职看柴静现象

　　2015年春节过后，最热的话题莫过于柴静及她的视频《穹顶之下》。公众、朋友，甚至家人分成"对立"阵营。挺柴静的视她为女神，不容置疑。反方则质问，柴静女儿的肿瘤是否由雾霾引起。更有专业人士质疑她数据的真实性及论证的科学性。作为一个在美国生活了18年的非环保人士，我自知没有资格谈中国的污染问题。我只想把柴静现象和最近美国全国广播公司（NBC）电视网知名主持人布莱恩·威廉姆斯（Brian Williams）被停职联系起来，谈谈应该如何看待柴静现象。

　　布莱恩·威廉姆斯在 NBC 电视网工作了22年，停职前主持晚间新闻节目 *NBC Nightly News*，是 NBC 的王牌记者及主持人。2015年2月10日，NBC 宣布布莱恩·威廉姆斯无薪停职 6 个月。① 事情的起因是他对美军在伊拉克战争中的一些报道不属实。他自称 2003 年他采访时所乘坐的军用直升机被敌军击中并迫降。但是该直升机上的军人最近在 Facebook 上揭露他当时根本不在那架直升机上。另外,2005 年在报道新奥尔良飓风卡特里娜(Katrina)时,他声称自己从法国区(French Quarter)(新奥尔良的著名商业区)的酒店窗口看到有尸体在洪水中漂过。可是当地报纸最近却指出,法国区当时基本上是干的,从他的酒店窗口不可能看到尸体漂过。

布莱恩·威廉姆斯当年是否在那架被击中的直升机上并不影响这样一个事实:(伊拉克)战争是危险的。同样,布莱恩·威廉姆斯当年在新奥尔良是否看到窗外有尸体在水中漂过,也并不影响我们相信卡特里娜飓风给新奥尔良造成重创。既然不影响,布莱恩·威廉姆斯为什么要撒这些谎? 我们为什么要在意他撒这些谎? 他撒这些谎是因为述说者(记者、作者等)的亲身经历,比起枯燥的数据乃至事实更能赢得公众的共鸣。我们在意他撒这些谎是因为这些谎言降低了他个人的公信力,让人们对他的其他工作产生了怀疑。

把柴静和布莱恩·威廉姆斯相提并论也许有点儿不公平,因为布莱恩·威廉姆斯捏造了事实,而柴静在视频

---

① http://www. usatoday. com/story/money/2015/02/10/brian-williams-nbc-suspended/23200821/(accessed on March 3,2015)

中并没有直接说她女儿的肿瘤是由雾霾引起的。可是她说在大雾霾过后，她发现自己怀孕了；而她做这个视频的起因是因为她和雾霾有"私人恩怨"。虽然她没有明说，但是毫无悬念地，媒体及公众把她女儿的肿瘤和雾霾联系起来了。在视频中，有很多感人的镜头。其中一个是，她女儿刚出生就要全麻做手术（有可能醒不过来），护士给了她一只小熊玩偶安慰她。那只小熊的罩衫像口罩一样捂在嘴上。既然她女儿在美国出生，出生后立刻做手术，那么这个手术应该是在美国做的。那么小熊为什么要捂着嘴巴？这些与主题并无紧密关联的细节，被用来吸引及感染公众。但是这些细节的运用，却有误导公众的嫌疑，从而降低了柴静的公信力，授质疑方以把柄。

布莱恩·威廉姆斯捏造他的个人经历虽然降低了他的公信力，但是并不意味着他所报道的事件（战争、飓风）不重要。同样，在柴静的视频中，她可能有夸大甚至误导的地方，但这并不影响她所报道的主题（雾霾及环保）的重要性和迫切性。这个视频之所以立刻引起这么大的轰动，不仅是因为名人效应，更重要的是这个主题击中了公众的痛处，引起了公众的共鸣。能够引起共鸣，聚焦公众的、政府的、行业的注意力于雾霾及环保这一主题，恰恰就是这个视频的意义。

在这个视频中，柴静还给出了一些政策建议。这些政策建议也引起了很多争议，比如，她背后是否有利益集团，甚至"阴谋论"都成了争议的热点。如何看待这个问题，我们需要问自己：我们对媒体及媒体人的期望是什么？在我看来，他们的意义在于把公众的、政府的及相关行业的注意力聚焦于一些重要问题，如环保、人权、弱势群体的生存等。如果我们试图依靠他们去解决这些问题，那就不免幼稚了。柴静及她的团队花了一年时间、百万经费，制作这个视频。作为一个媒体人，这份认真、这份努力，值得钦佩。但是，如果指望这个媒体团队的建议能解决中国的污染问题，我们是不是让他们承担了其所不能承担之重任？

视频中有个不太讨喜的被采访对象。中国石化集团公司前总工程师曹某某说，我认为环保部门不懂[1]。他的言论，在当今的舆论环境中，显然难以入耳，却并非完全没有道理。1989 年，美国埃克森石油公司瓦尔迪兹号油轮在阿拉斯加发生因油轮触礁带来的泄油事故，造成美国本土历史上最严重的环境污染。该纪录一直到 2006 年英国石油公司（British Petroleum，BP）在墨西哥湾发生深海井喷事故，才被打破。埃克森泄油事故发生后，阿拉斯加州政府及当地渔民质疑埃克森的清理方案，因此错过了最初 72 小时的黄金清理时间。[2] 事后的调查证明埃克森的

---

[1] 视频大约 1 小时 17 分钟处。

[2] Coll, Steve, 2012. *Private Empire*: *ExxonMobil and American Power*. London, the Penguin Press, pages 1—22.

方案应该能够减轻污染的程度。同样,BP 事故发生后,媒体在呐喊,律师忙理赔,去封井、去清理的还是油气行业的业内人士。这两个事故与视频中所讨论的问题(例如油品质量标准的制定)虽然不同,但是我们要意识到对于油气这样一个技术复杂的行业,最好的技术、人才及资源都集中在行业内部。对这样的行业,完全靠第三方监管,不太现实;行业自我监管(industry self-regulation)需要作为整个监管体系的一部分。坏事的是"萧何",解决问题还得靠"萧何"。你可以怀疑"萧何"的动机,却无法媲美"萧何"的能力。

话说回来,媒体不能解决这些实际问题,并不意味着其行动就没有意义。它们的意义就在于做其擅长的事:发牢骚,炮制"噪音"。在美国,有些非政府组织(Non-Government Organizations,NGOs)自称"watchdog",就是"看门狗"的意思。这名字虽然不太好听,却是定位准确。这些非政府组织专注于找问题,找到问题就不停地叫,一直叫到问题被解决为止。媒体的作用,大体与此相似。没有它们的牢骚,"萧何(们)"虽然有才,但可能会不作为,甚至做坏事。

总之,柴静及她的视频,不能因人废事,也没必要因事造神。看世界非黑即白,只是我们的一厢情愿;这世界远比黑白来得复杂。媒体要影响力,企业要盈利,公众既要现代生活方式的便利又希望别人降污减排,都无可厚非,因为利己是人之本性。重要的是让利己各方互相监督、互相制衡，这样就可以做到充分披露信息，避免让某一方的私利及意见过度左右政策。只有如此，雾霾这个"公共恩怨"才能找到解决的出路。

（2015.3.4）

高管传承的艺术①

CEO 继任：一个持久的挑战

几乎没有人会去质疑 CEO 继任对企业成功的重要性，但是大部分企业对此缺乏准备。美国全国董事协会在 2009 年进行的一次问卷调查发现，大约 43% 的美国上市公司没有正式的 CEO 继任计划，61% 的公司甚至没有紧急 CEO 变更预案（Miller and Bennett，2009）。即便有 CEO 继任计划，大部分公司对此也并不满意。譬如，人力资源调查公司——公司领导力协会（Corporate Leadership Council）发现，2004 年它们调查的 276 家大型企业中只有约 20% 对其高管继任流程表示满意（Charan，2005）。

---

① 本文由张燕和南加州大学马歇尔商学院的 Nandini Rajagopalan 教授合作，原文发表于 *Business Horizons* 2010 年第 53 期。刘白璐翻译，张燕审校定稿。

CEO 继任计划的缺失会将企业置于非常危险的境地。美国银行最近就陷入高管继任危机中。其前任 CEO 肯·刘易斯(Ken Lewis)在 2009 年 10 月 1 日宣布他将于当年年底离职时,美国银行并没有现成的接任计划。当公司焦头烂额寻找刘易斯的继任者时,也就是 2009 年 9 月 30 日到同年 12 月 15 日这段时间,公司股价暴跌 10%,然而同期道琼斯行业指数平均增幅为 7.6%(Kassenaar,2010)。

美国证券交易委员会下属的企业融资部在 2009 年 10 月 27 日发布的第 14 号司法公告中明确提出,董事会对高管继任有直接的责任。这一公告也赋予了那些希望董事会的 CEO 继任流程更加透明的股东们一定的权力。这份公告是这样解释的:

> 董事会的一个关键功能是提供高管继任计划,以保证公司不会受到领导者缺失的负面影响。最近的事件已经指出了董事会这一功能在公司治理中的重要性。我们承认,鉴于公司治理并不局限于公司的日常经营决策,CEO 继任是一个非常关键的政策事项。

美国证券交易委员会这一立场的提出导致的最直接的后果是,我们可能会看到更多的内部晋升的 CEO。这与最近 20 年来企业更倾向于从外部聘用 CEO 的趋势截然相反。在这篇文章中,我们将探讨企业外聘 CEO 的内在原因,比较其与内部晋升 CEO 之间的优势和劣势,并最终为董事会如何更好地管理 CEO 继任提出指导性建议。

追逐理想的 CEO：为什么外来的和尚看起来更有"佛"相？

在过去的 20 年里，CEO 继任呈现出从外部聘用的趋势。根据博雅公共关系公司（Buston-Marsteller）的统计数据，超过 1/3 的财富 1 000 强企业由外聘 CEO 执掌（Charan，2005）。为什么这些企业更愿意选择外部空降 CEO 而非内部人选呢？我们接下来将讨论这一趋势背后的主要原因。

外部空降 CEO ＝战略变革＝更好的业绩？

我们经常听到诸如"企业需要新的开始"这样的言论，因此需要外部空降 CEO 以便实施"大变革"。企业喜欢外部空降 CEO 是因为一种非常流行但不一定正确的观点，即外部空降 CEO 意味着战略变更，并进而带来更好的业绩。通常来讲，相对于内部晋升的 CEO，外部空降 CEO 可以带来新的观点和经验，且不会受到和其他成员（如员工）之间已有的"社会契约"的束缚，更有可能在企业内部大胆地实施变革。因此，外部空降 CEO 不太会对削减成本和裁员这样的变革犹豫不决。

然而，我们必须回答这样一个问题：这些大胆的战略变革真的有利于改善企业业绩吗？答案是，不一定。很多情况下，这些变革有可能对企业是致命的，因为它们可能偏离企业的核心竞争力。如果企业领导者缺乏对企业优劣势的正确认识，缺乏对竞争环境的准确判断，他们就很可能采取一些大胆但不合适的战略变革。相对于内部晋升的CEO，外部空降CEO通常缺乏对企业核心竞争力的充分认识和坚实的内部根基。当外部空降CEO采取大胆的战略变革时，这些变革产生的业绩后果可能和我们预想中的并不一致。

内部候选者，看起来好无趣哦！

外部空降CEO受欢迎的另一个原因与人类的认知偏差有关。那些在企业电梯里或咖啡间里经常碰见的内部候选者，看起来好平常，甚至好无趣。那些由专业猎头公司包装过的外部候选者，有着明星般的闪亮履历，更让人感到激动。他们所呈现出来的全新的处事方式，会让董事会感到兴奋，相信在他的领导下，企业可以更上一层楼。相反，董事会对内部候选者的评估，会受到他现阶段职位的影响。譬如，董事会可能不知道内部候选者的战略思考能力，因为这些内部候选者从来没有机会去证明、呈现这一能力。

很多企业在寻找新的领导者时，非常注重他们的领导魅力。然而，领导魅力是难以被定义的，更不用说被度量了。为了保险起见，企业自然而然更关注那些已经在著名企业任职的资深管理人员。换句话说,候选者的领导魅力是通过其现任企业的规模和业绩度量的,即便其现任企业的规模和业绩与该候选者的个人能力和努力之间的联系仍是一个未知数。所以,当一个企业聘用有非凡领导魅力的 CEO,最终却得到一个令人失望的结局时,我们就无需感到惊讶了。

没有准备的董事会及其所依赖的猎头公司

如美国全国董事协会调查报告所显示的,许多企业并没有完备的 CEO 继任计划。当继任问题出现时,董事会基本上是毫无准备,因此需要依赖猎头公司寻找合适的 CEO 候选者。猎头公司通常对企业的内部候选者并不了解。通过查询自己的数据库,猎头公司最后会提供一份可供选择的外部候选者名单。由于这些猎头公司通常有数目不小的客户群,因此它们很难对每个客户企业的运营理念有深入的理解。

对外部猎头公司的依赖导致一大批企业共同追求一批有所谓"领导魅力"但数目有限的 CEO 候选者。这会产生两种可能的结果:一方面,企业可能会聘用一名个人能力与企业战略需求并不契合但具有非凡"领导魅力"的 CEO;另一方面,因为对这群数量有限的候选者的追捧,企业必须给外部空降 CEO 提供超额高薪。

我们必须注意到,如果企业最终选择内部晋升 CEO,

猎头公司可能什么也得不到,或者只得到很少的报酬。出于其私利的考虑,猎头公司自然更倾向于外部空降CEO。同时,由于猎头公司的报酬与空降CEO的薪酬息息相关,它们自然而然更倾向于高薪聘用空降CEO。

内部晋升和外部空降CEO的继任成效

企业的业绩效果

接下来的问题是,内部晋升CEO和外部空降CEO对企业以及对其个人会有什么影响呢?许多研究已发现,外部空降CEO继任后的企业业绩劣于内部晋升CEO。更糟糕的是,由于外部空降CEO会对企业产生冲击,因此通常会导致高管团队其他成员的变更。这些资深高管的离职会削减企业的管理能力及核心竞争力,这会更进一步放大外部空降CEO对企业业绩的负面影响。

我们早期的研究(Zhang and Rajagopalan,2004)比较了"接力棒"式内部继任(即新任CEO在正式上任前已经被指定为接班人),与"赛马至最后一刻"式内部继任和外部空降继任之间的业绩差异。我们发现"接力棒"式内部继任的企业业绩好过其他两种继任方式。"接力棒"式CEO继任为企业和CEO接班人提供了重要的学习机会。一方面,CEO接班人在正式上任前就履行CEO职位的一些职责,逐步进入CEO角色,获得CEO职位所特定的知识,并发展与 CEO 职位相匹配的更广泛的领导力。另一方面,企业可以对接班人的能力进行持续评估,判断其是否能胜任 CEO 职位。企业可以根据评估结果来决定是否把 CEO 接班人正式晋升到 CEO 职位。因此,"接力棒"式继任方式可以有效降低新任 CEO 上任后的企业业绩风险。

也许有人会争辩说,外部空降 CEO 的劣势是暂时的,会逐渐消失。也有人会说,外部空降 CEO 的优势,在于他们敢去打破企业的现有战略,能让企业更具适应性。在我们 2010 年的文章中(Zhang and Rajagopalan,2010),我们研究了 193 家生产制造业企业离职 CEO 的整个任期历史。我们发现在第一个三年任期中,内部晋升 CEO 和外部空降 CEO 的战略变革对企业业绩的影响没有差异。但是,三年之后,外部空降 CEO 的战略变革对企业业绩的影响劣于内部晋升 CEO 的战略变革。

这些研究发现告诉我们什么呢?首先,新任 CEO,无论是外部空降还是内部晋升,在他们任期的早期,都会进行一些战略变革。他们希望以此来凸显自己与前任 CEO 的不同。一个例子是通用电气公司(General Electric)的新任 CEO 杰夫·伊梅尔特(Jeffery Immelt)接任杰克·韦尔奇(Jack Welch)。尽管伊梅尔特是从企业内部提拔的,但他在接替韦尔奇之后马上进行了一系列重要的战略变革。

然而,我们的研究发现在他们任期满三年以后,内部晋升 CEO 的战略变革比外部空降 CEO 的战略变革业绩更好。外部空降 CEO 通常非常善于快速削减成本和剥离资产。同时,由于外部空降 CEO 往往在企业业绩表现不好时临危受命,他们自然被赋予对企业进行变革的权力。但随着任期的延长,显而易见的削减成本或剥离资产的机会逐渐消失,外部空降 CEO 就显得"江郎才尽"了。而内部晋升 CEO,源于他们对企业优劣势的深入认识,更可能比外部空降 CEO 发起和执行有长期竞争力及成长力的战略变革。譬如,伊梅尔特在通用电气公司的战略变革,在经过很长一段时间之后,才显现出其威力。

新任 CEO 的个人命运

相对于内部晋升 CEO,外部空降 CEO 面临更大的职业风险。一份来自博思艾伦咨询公司(Booz Allen & Hamilton)的调查发现,2003 年北美 55％的外部空降 CEO 被强制离职,而内部晋升 CEO 被强制离职的比例为 34％(Charan,2005)。海德思哲国际咨询公司(Heidrick and Struggler International)的 CEO 凯文·凯利(Kevin Gelly)估计,约 40％的外聘高管任期仅为 18 个月(Conlin,2009)。

在一份实证研究中,本人(2008)检验了为什么有些新任 CEO 在短期内(如任期不到三年)被强制离职。结果发现,在同等企业业绩条件下,外部空降 CEO 在短任期内被强制离职的可能性是内部晋升 CEO 的 6.7 倍。一个重要的原因是,董事会和外部空降 CEO 之间存在较高的信息不对称性。也就是说,在继任之前,董事会不太了解外部空降 CEO 的真实能力及领导风格。这样一来,董事会在聘用外部 CEO 时犯错的概率更高,在其继任后需要通过强制离职来修正这一错误选择。

外部空降 CEO 的职业风险较高,会产生两种相关的负面结果,而这些结果又会进一步对企业产生负面影响。首先,聘用企业需要支付给外部空降 CEO 更高的薪酬和福利待遇以弥补他们的职业风险。Harris 和 Helfat (1997) 的研究就发现,外部空降 CEO 比内部提拔 CEO 平均多获得约 30% 的基本薪酬(含基本薪水和奖金)。这部分溢价在外部空降 CEO 从其他行业空降时会更高,因为这类 CEO 所面临的职业风险会更高。

为了进一步降低他们的职业风险,聘用企业还需要支付给外部空降 CEO 昂贵的离职补偿金。一个非常著名的例子是惠普公司前任 CEO 卡莉·菲奥莉娜(Carly Fiona),她在 2005 年被解雇时获得价值约 4 200 万美元的离职补偿金。在 2008 年金融危机后,高管的超高薪酬已经引起公众的不满,并成为新的监管热点。CEO 被开除了,还能拿到高额的离职补偿金,这引起公众更大的不满。在股东损失惨重、上千名员工失业的时候,企业如何还能为这些被解雇的 CEO 支付巨大金额的补偿金?

其次，正如前文所讨论的，外部空降CEO面临更高的职业风险，也更可能被解雇，这会导致企业CEO继任过程的恶性循环。本人（2008）的研究发现，相较于前任CEO自愿离职，当前任CEO是被动解雇时，继任CEO被解雇的可能性会上升70%。这是因为解雇前任CEO会导致企业跳过正常的CEO继任流程，从而被迫在毫无准备的情况下仓促选择一名新任CEO。董事会承受巨大的压力，需要在短时间内找到一名继任者以填补CEO的位置空缺。遗憾的是，在这种情况下，他们没有充足的时间去考察内部候选者，或者充分地寻找和评估外部可能的人选。董事会也没有足够的时间和信息，去判断潜在人选的真实能力及对于这个CEO位置的适合度。此外，股东也会施加压力，董事会需要尽快指认下一任CEO，快速重塑投资者信心。结果，董事会如此仓促地选择新任CEO，很可能作出一个次优选择，导致下一次CEO继任危机。

事实上，外聘CEO、高CEO离职率和较短的CEO任职期限三者似乎相辅相成。博思艾伦咨询公司一项关于全球2 500家公众公司的研究表明，2004年CEO解聘率已占到当年全部CEO变更率的1/3，比该项研究的基准年1995年增长约300%（Lucier, Schuyt and Tse, 2005）。与此同时，北美地区上市公司离职CEO的平均任期从1995年的11.4年缩短到2004年的8.8年，全球上市公司离职CEO的平均任期则从1996年的8.8年缩短到

2004 年的 6.6 年（Lucier et al.，2005）。换句话说，这种对外聘 CEO 的偏好会直接导致企业持续的不稳定。

继任流程的管理：董事会应该做什么？

已有的研究证据和本文提及的实务案例均指出，总体上外部空降 CEO 比内部晋升 CEO 的风险更高，也会对企业和 CEO 自身产生更大的负面效应。美国证券交易委员会最新的公告迫使企业将 CEO 继任计划作为董事会会议的核心议题，并为股东介入 CEO 继任计划提供了监管依据。然而，高管继任不单是在信封里放一两个继任者的名字，更关键的是建立和执行一个完善的继任流程。在这一部分，我们详细解释董事会应该如何成功管理 CEO 继任计划的几个关键因素。

建立顺畅的管理人才发展通道

CEO 继任计划需要在企业内部建立一条顺畅的管理人才发展通道。董事会的一个关键角色是保证一个覆盖高层和中层管理人员的领导力发展计划。这一领导力发展计划应该涵盖一个针对高管的综合年度评估计划，包括跟踪他们在各个职位上的成绩、识别他们的发展需求、制定他们的职业发展规划以及提供其需要的领导力培养机会，从而为他们承担更高层级的责任做好准备。现任

CEO 不可避免地需要在 CEO 继任计划上承担一个重要角色，董事会每年需要对 CEO 继任计划进行至少一次独立且深入的评估。

我们的研究还发现，拥有更大内部人力资源池的企业能够更好地管理 CEO 继任风险。根据我们早期的一些研究（Zhang and Rajagopalan，2003），企业内部候选者的规模与企业在内部晋升或外聘 CEO 的选择上是紧密相关的；内部人力资源池规模越大，企业越可能选择内部 CEO。然而，是否能够选择一名合适的 CEO 并不完全取决于人力资源池，而是取决于其个人能力是如何被培育和评估的，这就是一个积极深入的领导力发展计划之所以那么重要的原因。

评估高管继任计划有效性的一个最重要的标志是，一个企业能够在多大程度上快速地从内部填补管理职位空缺。一些企业明显地在发展内部人力资源池环节上做得更好，因此它们能够更好地管理 CEO 继任。在以完善领导力发展项目著称的陶氏化学公司，内部晋升率约为75%—80%被视为企业内部人力资源发展的一个有效性的标志。当企业面临突发危机进而导致领导者空缺时，有一个有准备的候选者是非常重要的。

譬如，当麦当劳的 CEO 吉姆·坎塔卢波（Jim Cantalupo）在 2004 年 4 月突发心脏病时，他上任刚满一年。但是，董事会能够在几个小时内就找到 43 岁的澳大利亚人查理·贝尔（Charlie Bell）——一个预先指定的继任者来接替他。贝尔15岁的时候在澳大利亚开始他的第一份工作——在麦当劳上班，算得上是一名麦当劳的"终身服役者"。当坎塔卢波在2002年接任CEO时，他任命贝尔为首席运营官（COO），并指定他为自己的继任者。然而，贝尔上任仅6个月后就因为癌症于2004年11月离职，并于2005年1月去世。吉姆·斯金纳（Jim Skinner）——一个同样也在麦当劳工作多年的员工，随后接替了贝尔的职位。如果没有一个详细的继任计划，一系列突发的CEO变更事件可能会给麦当劳带来灾难。

董事会中的内部董事是培育CEO的一种重要方式。2002年《萨班斯-奥克斯利法案》限制了公司董事会中内部董事的人数。虽然这一法案有助于提高董事会的独立性，但也潜在地缩小了CEO职位内部候选人的范围。公司需要寻找新的途径以便董事会能够识别和评估内部人力资源。譬如，董事会可以要求CEO下面两个或三个层级的经理们在董事会会议上进行工作陈述，以便董事会对这些经理进行了解和评估。

董事们也应该定期采取一些非正式的方式与高潜力管理人员进行面谈和观察。高露洁棕榄公司的一些做法非常值得借鉴。该公司人力资源部高级副总裁的一个重要角色是建立董事与内部高潜力管理人员之间的桥梁。高潜力管理人员很早就被识别出来，董事会成员经常分享对这些人员的优缺点的分析。董事会成员也会紧密追踪前200名高潜力管理人员的业绩表现，并邀请他们定期在董事会上进行汇报和在聚餐时进行非正式的交流。

在董事会中设立有效率的提名委员会

CEO继任计划不应该只是人力资源部的责任，而应是董事会的主要责任。为了保证一个高管继任计划的有效执行，董事会需要成立正式的提名委员会来更为主动、更为系统地管理CEO选聘流程。本人的一项研究为董事会中提名委员会的重要性提供了重要的证据。

本文（2008）发现，拥有正式提名委员会的公司相对而言不会在短期（三年）内解雇其CEO。不过，并不是所有的提名委员会都能发挥作用。本人（2008）发现，一个更加专注的提名委员会是更有效的，即委员会中外部董事任其他董事职位的较少（除去本公司董事会职位后，每人平均不超过1.75个外部董事职位）。相反，如果提名委员会的成员同时担任多个其他董事职位（除去本公司董事会职位后，每人平均超过1.75个外部董事职位），这种提名委员会则形同虚设。大公司的外部董事通常是其他公司的高管或者行业专家，这些人在自身的工作岗位上承担着很大的责任，承受着很大的压力。当他们担任过多的外部董事职位时，他们的精力将被过度分散，以至于无法为公司的高管继任投入足够多的时间和精力。考虑到近几年对董事工作时间要求的急速增加，这一点尤其重要。因此，有一个由过度繁忙的外部董事组成的提名委员会与没有提名委员会也就没有多大区别。

提名委员会中董事的专业性也是非常重要的。海德思哲国际咨询公司副董事长兼领导力咨询业务总裁斯蒂芬·迈尔斯（Stephen Miles）曾指出，"董事会从来不会聘用或任命一个没有专业资质的人成为审计或风险委员会主席，但是对于负责高管继任的委员会的主席就不一定了"。这一点需要改变：公司必须为提名委员会或CEO遴选委员会配备具有专业高管继任经验的人才。

提名委员会成员的行业背景也很重要。只有对企业运营环境和竞争状况有深入的理解，提名委员会才能了解CEO的职位标准，以及如何对潜在候选者进行更精确的评估。董事会成员的深厚行业知识也会提高CEO继任流程的有效性。哪怕企业最终选择外聘CEO，董事会的这些知识仍然有助于其指导和掌控整个遴选过程。当提名和遴选委员会具有扎实的行业背景及企业特有知识时，它们就能更好地识别出与企业内外部经营环境最契合的CEO候选者。

提名和遴选委员会需要积极监督整个继任流程，花费一定的时间复查高管候选者名单、不定期地检查和评估潜在CEO候选者的报告，以及在董事会会议上用一定比例的时间着重讨论继任事项。这样的一个流程能够提高董事会鉴别、培养内部人力资源池的能力。

现任 CEO 的参与

虽然选择新任 CEO 最终是董事会的责任,但因为现任 CEO 要比任何一名董事都更熟悉内部潜在 CEO 候选者和企业日常经营活动,也会显著地影响高管继任的有效性,因此,董事会如何促使现任 CEO 的参与是非常关键的。

首先,董事会需要确保高管继任计划在现任 CEO 预期离职的若干年前便开始操作。这要求现任 CEO 认真考虑并和董事会进行充分的交流。董事会应该要求 CEO 充分、定期地识别和评估潜在候选者,并与董事会的提名委员会分享评估结果。董事会还需要避开 CEO 单独讨论和评估 CEO 继任计划,并将讨论中提出的问题和顾虑在会后提供一份正式的文件反馈给 CEO。

为了确保现任 CEO 对高管继任计划的参与和合作,董事会需要谨慎地处理一个问题:现任 CEO 很可能抵触高管继任计划。这是因为现任 CEO 可能担心候选 CEO 会在适当的时机对其职权发起挑战,或者害怕董事会因为有候选者的存在而降低对其领导力的依赖。本人的一份实证研究(Zhang,2006)证实了这个顾虑。本人检验了 CEO 与其副手,如 COO 或总裁的关系。发现当企业业绩表现不佳时,COO 或总裁的存在会提高现任 CEO 被离职的可能性。这项研究说明，COO 或总裁并不总是现任 CEO 的合作搭档，在机会来临时还可能是其竞争对手。现任 CEO 因为担心 COO 或总裁的潜在挑战，而降低了其制订继任计划的积极性。举个例子，惠普公司的董事会相信惠普前任 CEO 卡莉·菲奥莉娜需要搭配一名强大的 COO，协助她管理惠普的内部运营。但是菲奥莉娜拒绝任命 COO。这一分歧日后成为董事会最终在 2005 年 2 月解聘菲奥莉娜的一个关键因素。

即便有一名指定候选 CEO 也不能保证一个平稳的 CEO 继任过程。Cannella 和 Shen（2001）发现，很多指定候选 CEO 最终离开企业而不是被晋升为 CEO，而且他们的晋升率在现任 CEO 非常强势的情况下尤其低。因此，当现任 CEO 和指定候选 CEO 之间的竞争不可控时，拥有一名指定候选 CEO 反而是无效的。为了避免出现 CEO 继任计划的负面影响，董事会需要非常小心地处理现任 CEO 和指定候选 CEO 之间的竞争关系。也许企业有一个关于现任 CEO 离职时间的承诺能缓解这样的竞争关系。

在一些企业中，设置 CEO 强制退休年龄有助于现任 CEO 和指定候选 CEO 之间接力棒的顺利交接。如果 CEO 是制订继任计划成员中的重要一员、深入参与识别和培养领导力的项目，并且对继任计划的参与被董事会明确地认可（甚至嘉奖），现任 CEO 可能不会因为内部竞争者的出现而感到不安。

总结

我们的实证研究和所观察的企业经验明确指出,相对于外部空降 CEO,内部晋升 CEO 领导的企业业绩表现更好。然而,在很多情况下,由于内部没有合格的候选者,企业被迫选择外部空降 CEO。为了在需要的时候能够从企业内部提拔一名符合要求的候选者,企业需要准备 CEO 继任计划。董事会必须在这一过程中承担重要角色。

培育高管，告别 CEO 继任危机[①]

　　CEO 继任是 CEO 和董事会的首要职责之一。尽管如此，许多企业却没有妥善处理这个问题。近几十年来美国上市公司 CEO 变更频率的持续加快已经成为不容置疑的事实。譬如，近年来美国上市公司离职 CEO 的平均任期仅为 5 年。一项最近的调查发现，60％ 的在财富 1 000 强企业任职的资深高管并没有晋升为 CEO 的意愿。CEO 不再仅仅意味着高收入、荣誉及社会地位，这一职位已经演变成一个面临巨大压力及接受频繁监管审查的高风险职位。

　　这些情况说明，许多企业在培养和任命 CEO 的问题上存在严重的失误。为了摆脱 CEO 继任危机，董事会需要做什么？基于我们 2004 年发表在 *Academy of Management*

---

　　① 本文由张燕和南加州大学马歇尔商学院的 Nandini Rajagopalan 教授合作，原文发表于 *Organizational Dynamics* 2006 年第 35 卷第 1 期。刘白璐翻译，张燕审校定稿。

Journal 上的实证研究结果，我们认为建立一个完善的高管继任计划是解决 CEO 继任危机的有效措施之一。

CEO 继任的类型

CEO 继任者的选聘方式可以分为三种。第一种是"接力棒"式继任。在这种方式中，CEO 继任者是企业现任高管，并且已经作为前任 CEO 的接班人培养了一段时间。当前任 CEO 退下来时，他水到渠成地接班。第二种是"赛马至最后一刻"。在这种方式中，企业内部的潜在继任者不止一位。在前任 CEO 正式退下来之前，哪位潜在继任者能够最终胜出并不确定。第三种是外部继任，即继任 CEO 从企业外部空降。

我们的研究结果发现，与另外两种方式相比，"接力棒"式继任的业绩效果最佳。这种方式有两个重要优势。首先，"接力棒"式继任能够达到两任 CEO 之间职务、权力的平稳交接。在美国上市公司中，总裁或 COO 这个位置通常被用来培养下任 CEO。在 CEO 继任发生之前，CEO 接班人已经在总裁或 COO 的位置上，负责内部管理的全局任务。因此，企业的各个利益相关方有充足的机会去了解 CEO 接班人。另外，现任 CEO 万一发生意外，已确定的接班人可以迅速补位，从而降低 CEO 职位空缺给企业可能带来的动荡和危害。全球第四大石油公司、法国的道达尔(Total)石油公司的CEO及董事长马哲睿(Christophe de Margerie)于2014年10月20日在莫斯科的一个机场因飞机失事丧生。在这个不幸事件发生后的48小时之内,道达尔公司任命了51岁的潘彦磊(Patrick Pouyanne)为新的CEO。潘彦磊在石油下游产业炼油及化工业务上有非常丰富的经验,在石油上游勘探业务上也在安哥拉和卡塔尔担任过资深职务。经过这样的过程,和麦当劳的查理·贝尔相比(贝尔在他的前任吉姆·坎塔卢波猝死之后出任CEO),潘彦磊算不上是一个准备好的、可以随时就任的CEO接班人。事实上,因为潘彦磊在2014年年初曾通知工会公司要在五个炼油厂减产裁员,所以他在法国的处境在政治上有些敏感。为了帮助公司顺利度过危机和确保CEO继任顺利完成,68岁的前任CEO蒂埃里·德马雷(Thierry Desmarest)再度出山,担任非执行董事长。按计划,德马雷将会在这个位置上待到2015年年底,之后潘彦磊将会兼任董事长职务。一位持有道达尔股份的基金经理评价说①:德马雷加潘彦磊是个经验加技能的组合,这算是个不错的选择,最起码在下面这几年里,我们有机会考察一下潘彦磊是否具备战略家的才能。由此可见,虽然潘彦磊临危受命,别人对他还是持观望态度。世事难测,虽然CEO突然死亡或重病是小概率事件,但还是

---

① Fox Business,"After Moscow plane crash, Total names new CEO",Foxbusiness. com,published October 22,2014.

有可能发生。企业需要未雨绸缪，及早准备接班人计划、有应急措施，才能减少这样的危机可能给企业带来的动荡和危害。

其次，"接力棒"式继任给 CEO 接班人提供了一个"在职培训"的机会。"在职培训"可以降低继任之后因新任 CEO 经验不足所导致的风险。譬如，在英特尔公司，CEO 克瑞格·贝瑞特（Craig Barrett）的接班人保罗·欧德宁（Paul Otellini）早就被视为贝瑞特的"左膀右臂"。欧德宁是公司新战略的主要规划师，在其正式接任 CEO 职位之前，公司已经朝着欧德宁所规划的战略方向转变。

研究发现

尽管"接力棒"式继任有这些优势，很多企业却没有任何正式的 CEO 继任计划。根据一份涉及 1 484 家企业的调查，有继任计划的企业不到 50%。这是为什么呢？在我们的文章中，我们研究了两个问题：（1）哪些因素会影响 CEO 继任方式的选择？（2）CEO 继任方式对企业业绩有什么影响？

哪些因素会影响 CEO 继任方式的选择呢？一个重要的影响因素是，内部候选者有多少？我们发现，内部候选者（即担任副总裁或更高职位的现任高管）较多时，企业不太会提前指定 CEO 接班人。内部候选者较多时，企业也不太会选择外部空降 CEO，这一点毫不奇怪。总体来讲，当内部候选者较多时，企业更倾向于将"赛马"进行到最后一刻。一个非常有名的例子是通用电气公司为其 CEO 杰克·韦尔奇选择接班人时的"赛马"。三个可能的内部候选者——罗伯特·纳尔代利、詹姆斯·迈克纳尼和杰夫·伊梅尔特很早就被筛选出来。但是最终胜出者是谁，一直到韦尔奇任期的最后一刻才宣布。

其次，我们发现业绩较好的企业更有可能选择"接力棒"式继任。业绩较好的企业不太会选择外部空降 CEO。也就是说，对于绩效优秀的企业而言，"接力棒"式继任最有可能，其次是"赛马至最后一刻"，外部空降 CEO 最不可能。毕竟，绩效好的企业希望持续现有状况而不是变革，"接力棒"式继任可以满足这个需求。譬如，2004 年 11 月，时任公司 COO、早已被确定为接班人的保罗·欧德宁被宣布成为英特尔公司的新任 CEO 时，没有人对此感到惊讶。

相反，绩效较差的企业更有可能选择外部空降 CEO。这样的企业寄望于空降 CEO 能给其带来所需的变革。譬如，自从杰西潘尼（J. C. Penney）公司在 1993 年收购埃克德（Eckerd）连锁药店作为新增长点，连锁药店业务就陷入了困境。2000 年，杰西潘尼公司聘用外部重组专家艾伦·卡斯塔姆（Allen Questrom）为 CEO。卡斯塔姆曾帮助高档百货公司巴尼斯（Barneys）在破产重组后回到正轨。杰西潘尼公司希望卡斯塔姆能够在它的百货业务和连锁药店业务之间找到协同效应。

不同的 CEO 继任方式如何影响企业业绩呢？我们发现，三种方式中，"接力棒"式继任的业绩效果最好，而"赛马至最后一刻"和外部空降 CEO 之间没有显著的绩效差异。

这样不同的业绩效果可能是源于"接力棒"式继任的学习优势。我们可将"接力棒"式继任划分为两个阶段：第一个阶段，企业决定是否指定一名 CEO 接班人；在第二个阶段即培养考察阶段，企业继续考察这名指定的接班人，然后决定是否把他正式提拔到 CEO 位置上。

这两个阶段均可以提供重要的学习机会。在第一个阶段，企业评估 CEO 职位的可能候选者。为了决定是否将某个候选者确定为接班人，企业需要根据内外部情况对其资质进行评价。在这个阶段，企业也可以从外部引进人才以充实其内部的人力资源池。比如，康柏电脑公司于1991 年秋季解聘其创始人并提拔爱克哈德·普飞伊珐（Eckhard Pfeiffer）为 CEO。两年之后，董事会开始向普飞伊珐"追问"其接班人的问题。董事们迫使普飞伊珐引进更多的外部人才来强化高管团队。结果，在 1993—1996年间，普飞伊珐聘用了 8 名外部高管加入自己的团队。

在第二个阶段，因为某个候选者已经被确定为接班人，企业可以针对这位已确定的接班人进行更专注的评估,进一步评价其是否能够胜任 CEO 职位。根据这些评估,企业决定是否提拔这位接班人。换句话说,培养考察阶段也是这位接班人的"试用期"。事实上,确实有一些已定的接班人没能通过"试用期"。譬如,2003 年 11 月,当迈克·西尔斯(Mike Sears)被发现为他人谋得五角大楼采购部门的工作后,波音公司不得不解聘这位早已确定的接班人。因为有这个"试用期","接力棒"式继任中的新任 CEO 和企业 CEO 职位错配的风险会低于其他继任方式。

"接力棒"式继任的第二个阶段也为已确定的接班人提供了重要的学习机会,他们在实际继任前,就有机会处理 CEO 职位的特定任务。譬如,麦当劳总裁兼 COO 贝尔曾帮助 CEO 坎塔卢波改善菜单、监督关店并扭转长达两年的利润和股价下滑。实际上,证券分析师和特许经营商均认为贝尔在美国麦当劳业务的复苏上与坎塔卢波起到了同样重要的作用。

相比从专业职能领域(如财务或市场营销)提拔上来的新任 CEO,已确定的接班人可以接触范围更广的事件和职能,并从中学习。对外部空降 CEO 而言,即使他曾在其他企业担任过 CEO,他以往的 CEO 经验并不一定适用这个企业的具体情境。总的来看,预先确定的接班人更可能获得本企业 CEO 职位所需要的知识与技能,他们在实际继任之前就已经逐步地进入 CEO 角色。其他类型的继任者却要等到继任后才能开始进入这个角色。

另外，在培养考察阶段，预先确定的接班人有机会培养和企业内外部的利益相关方的关系。接班人在继任之前就和其他高管有频繁的联系，因此更有可能获得他们的支持，这对新任 CEO 的战略执行力至关重要。接班人在培养阶段也可能和重要的外部利益相关方建立联系。这些外部利益相关方包括银行、客户、供应商和监管机构等。他们的支持是新任 CEO 的宝贵资源。相反，如果新任 CEO 得不到内外部利益相关方的支持，不仅自己会折翼，企业也会受损。

施乐公司（Xerox Corp.）的两起 CEO 继任事件都非常有意思。理查德·托曼（Richard Thoman）被从外部聘用来替代已任职 CEO 多年的保罗·阿莱尔（Paul Allair）。在上任仅 13 个月后，托曼在 2000 年 5 月被解聘。托曼被解聘后，阿莱尔重回 CEO 宝座，并且提拔已在施乐公司工作了 24 年的安妮·穆尔卡西（Anne Mulcahy）为总裁兼COO。穆尔卡西于 2001 年 8 月被任命为 CEO，并于 2002年 1 月被任命为董事长。在她接任 CEO 职位前，施乐公司正处于破产的边缘。当时，公司负担着 171 亿美元的债务，但仅有 154 万美元现金，并且即将连续七个季度亏损。2000 年公司失去近 90％ 的市场份额。然而，穆尔卡西将公司从破产的边缘拯救了回来。施乐公司最大的贷款方之一的 CEO 声称她不得不为了业绩而扼杀企业文化，穆尔卡西反击道："我就是企业文化。如果我不能想办法让这种文化去适应现状，那我就不适合这份工作。"

"我就是企业文化"，不是每一位新任 CEO 都有说这话的底气。穆尔卡西有这个底气，是因为她在施乐公司工作了 20 多年，深知其利弊；因为她只能与施乐公司同舟共济，别人可以不同意她的做法，却不会怀疑她的动机；因为她是指定的接班人并且顺利地度过了"试用期"，又有团队及其他相关方的支持。"我就是企业文化。如果我不能想办法让这种文化去适应现状，那我就不适合这份工作。"这句话有"我不下地狱，谁下地狱"的气概。因为她有勇气前行，别人才有信心跟上，最终一起把施乐公司从破产的边缘拉回来。相比较之下，"赛马至最后一刻"选出来的 CEO 及外部空降 CEO 很难有这样的底气。

施乐公司的例子，与我们的研究发现一致。我们发现，"接力棒"式继任的业绩优势，在富有挑战性的继任情境中更为明显。富有挑战性的继任情境是指行业发展及企业战略不稳定程度高。行业不稳定性要求企业为了适应现实而持续调整对市场的预测。战略不稳定性要求 CEO 不断调整战略及资源配置。在这些富有挑战性的情境中，企业内部非常容易出现意见分歧。"接力棒"式继任方式产生的 CEO 对公司有深切的了解，有团队及外部相关方的支持，能够更好地应对这些挑战。

管理建议

我们的研究结果表明，有一个明确的 CEO 继任计划非常重要，可以帮助企业培养 CEO 接班人，达到水到渠成式的 CEO 传承。很多人相信，当企业遭遇重大挑战时，外部空降 CEO 是扭转局势的最佳人选。我们不同意这种观点。外部空降 CEO 对企业特有的规章、文化和竞争优势并不十分熟悉。他们可能会忽视或者挑战企业的竞争对手。外部空降 CEO 也要面对来自内部高管的挫败感和抵触感。很多时候，外部空降 CEO 加入企业后，企业中最优秀的成员可能会离开，至少会抵触或者不配合。譬如，当卡莉·菲奥莉娜加盟掌帅惠普公司时，惠普公司的一些老员工多次向董事会传达了他们对菲奥莉娜决策制定和战略选择的不满。其中一些人离开了公司。这些负面影响对菲奥莉娜后来被解雇有重要影响。

企业也应该避免用白热化的"赛马"的方式来选拔 CEO 继任者。用这种方式选出来的继任 CEO，没有指定接班人那样的"在职培训"机会。用这种方式选出来的继任 CEO 也没有机会建立稳定的权力基础。其他内部竞争者可能对他的权威发起挑战。更重要的是，如果 CEO 选拔演变成"赛马"式的竞争，最终没有得到 CEO 职位的内部候选者就会认为自己输了、没有面子在公司再待下去。

因此，一旦最后的选择结果面世，公司就会失去一批人才。在通用电气的案例中，在伊梅尔特被宣布接替韦尔奇成为新任 CEO 的 5 个工作日后，纳尔代利和迈克纳尼离开公司，分别担任家得宝公司（Home Depot）和 3M 公司的 CEO。

我们的研究发现有重要的实践意义，有助于解释为什么那么多新任 CEO 失败了。面对新任 CEO 的高失败率，我们需要探讨如何帮助新任 CEO 做好继任准备。是不是应该有一所"CEO 学校"？我们的研究结论是，CEO 继任计划能够为公司和 CEO 继任者提供一个学习及互相了解的机会，从而帮助董事会在 CEO 继任问题上作出更好的决定，继而提高新任 CEO 的成功率。因此，CEO 继任计划就相当于"CEO 学校"。

一些公司对 CEO 继任计划已有一套可行的范式。一个例子是沃尔玛。大卫·格拉斯（David Glass）于 1984 年加入沃尔玛，同年被提拔为总裁兼 COO 并被创始人山姆·沃尔顿（Sam Walton）确定为接班人。他带领着公司开始了前所未有的长达 12 年的成长和全球扩展期。当格拉斯在 2000 年年初辞职时，他的接班人李·斯科特（Lee Scott）接替了他的职位。斯科特在 20 多年前加入沃尔玛，为了为 CEO 职位作准备，他被提拔为 COO 兼副董事长。因为沃尔玛事先培养了下任 CEO，这家零售业巨头的领导交接班几乎是无缝式的。

另一家美国企业施乐公司的 CEO 继任安排也可以给我们很好的启示。乌苏拉·伯恩斯（Ursula Burns）于 1980 年作为一名实习生加入施乐公司。2007 年她作为当时的 CEO 安妮·马卡希（Anne Mulcahy）的接班人被提拔到总裁的位置上。这两位女性高管共同策划、实施了施乐公司的转型战略。两年之后，伯恩斯顺利地于 2009 年接替马卡希成为 CEO，继而在 2010 年兼任董事长职务。成为 CEO 后不久，伯恩斯就斥资 64 亿美元收购了联盟计算机服务（Affiliated Computer Services）公司。这是施乐公司历史上最大的一笔并购业务。这笔并购业务是施乐公司从复印机业务向商业流程服务业务战略转型过程中很重要的一步棋。可以想象，如果没有经历过正式的接班人培养计划，新任 CEO 的经验和威望都可能不足，很难立刻采取这么大的战略措施。

与传统观点认为外部空降 CEO 能够更好地扭转企业亏损相悖，我们的研究结果发现，即使在继任前绩效差的企业中，外部空降 CEO 与内部"赛马"产生的 CEO 之间也没有显著的业绩差异。外部空降 CEO 通常因为有新的技能和观点以及有变革的意愿而受到推崇。因此，外部空降 CEO 更有可能实施战略变革。然而，这并不意味着他们的战略变革会给企业带来好的业绩。因为外部空降 CEO 缺少企业特有的知识，他们很难实施恰当的战略变革。此外，外部空降 CEO 难以获得企业内部其他高管的支持。

一个与此相关的例子发生在凯马特（Kmart）公司。1995年，一直饱受股东压力的凯马特公司董事会解聘了公司"老兵"约瑟夫·安东尼尼（Joseph Antonini），并引入曾在塔吉特（Target）和大联盟（Grand Union）担任高管的弗洛伊德·霍尔（Floyd Hall）担任新任 CEO。虽然股票市场对霍尔的加入表示欢迎，但这种欢迎是短暂的。不久，凯马特的股价开始下滑。2000 年，另一位外部空降 CEO 查尔斯·康纳威（Charles Conaway）替代了霍尔的位置。不到两年，公司就提交了破产申请。

然而，我们确实发现在行业不稳定性高的情况下，外部空降 CEO 会比内部"赛马"产生的新任 CEO 带来更好的企业绩效。这可能是因为不稳定的行业中，外部空降 CEO 新颖的观点所带来的优势大于其对组织的破坏力。柯达（Kodak）公司是一个相关的例子。柯达公司所处行业当年正快速从卤化银胶片向数字技术转移。公司核心业务——胶片业务 2005 年在北美市场和全球市场分别萎缩了 30％及 20％。公司离职 CEO 丹尼尔·卡普（Daniel Carp）——一个已在公司工作 35 年的老员工，虽然已经意识到来自数字技术的致命威胁，但是他太晚也太慢才采取措施。其继任者安东尼·佩雷斯（Antoni Perez）曾负责惠普公司的用户和数字影像业务。他在那个职位上的表现令人刮目相看。卡普承认："我们需要一个数字领域的领导者带领我们度过这次转变。"即便如此，佩雷斯最终也未能扭转柯达公司破产的命运。

　　需要指出的是,我们的样本只包括非多元化的制造型企业。我们的研究发现对其他类型的企业(如多元化企业)的普及适用性可能存在问题。尽管如此,我们相信我们的研究发现对解决 CEO 继任危机有着重要的指导意义。

屡见不鲜的公司治理问题：
一个全球性顽症？[①]

印度版安然事件：萨蒂扬公司上亿美元的公司骗局

2009 年 1 月 7 日，印度最大和最受尊重的软件及 IT 服务企业之一的萨蒂扬电脑服务公司（Satyam Computer Services）的创始人兼董事会主席拉马林加·拉贾（Ramalinga Raju）承认他在 7 年多的时间里篡改了公司利润表、现金流量表和资产负债表。拉贾和他的兄弟（任职公司 CEO）为吸引更多业务及避免可能的恶意收购而虚增利润

①　本文由张燕和南加州大学马歇尔商学院的 Nandini Rajagopalan 教授合作，原文发表于 *Business Horizons* 2009 年第 52 期。刘白璐翻译，张燕审校定稿。

及收益。萨蒂扬公司的财务造假造成了高达 14.7 亿美元的资产骗局,是印度历史上最大的公司财务舞弊丑闻。具有讽刺意味的是,"萨蒂扬"在梵文中是"真实"的意思。拉贾在他的认罪书中写道:"你就好比骑在老虎的背上,不知道如何能够安全脱身而不被老虎吃掉"(*Economist*,2009)。

在这个最终导致公司董事长和 CEO 被捕并等待司法判决的丑闻被揭露之前,萨蒂扬公司一直被广泛视为印度公司治理的典范,而拉贾本人也被视为一个成功的企业家的楷模。拉贾及其同谋多年来一直不断虚报现金收入、应收账款和应付账款,低估负债,高估资产。这些行为直到拉贾试图购买另外两家由自己家族持有的企业时才浮出水面。股东们认为这两项并购会使得现金由萨蒂扬公司转移到拉贾家族持有的企业,因此否决了这两项并购提案。

在萨蒂扬丑闻事件爆发前,印度公司的股东就已经因为公司财务舞弊和恶劣的公司治理损失了 20 多亿美元(*Business Week*,2009)。2009 年 1 月 7 日,一家重要的印度投资公司所发布的报告显示,68 家印度企业中只有 4 家坚持了"非常令人满意的"信息披露标准;名单中超过半数的未达标企业都是全球知名企业(*Business Week*,2009)。

中国的食品安全丑闻

2008 年 9 月，中国最受欢迎的婴幼儿奶粉公司之一的三鹿集团遭到处罚。该公司为了提升婴儿奶粉食品检测中的蛋白质含量指标，在其中加入了有毒化学物质三聚氰胺。在事件被揭露时，三鹿毒奶粉已经影响了超过 29.4 万名中国儿童，并导致 6 名婴儿丧生。三鹿公司 2008 年 12 月收到来自石家庄法院的破产清算民事裁定书；2009 年 1 月，公司原董事长田文华被判处无期徒刑，"毒老大"张玉军、耿金平被判死刑，另外 9 人分别领刑。

除三鹿集团之外，其他 22 家中国奶粉制造企业生产的奶粉中也被发现含有三聚氰胺。显然，通过添加三聚氰胺提高产品的蛋白质含量已经成为一种行业行为。一些业内企业宣布召回产品，其他国家则对中国奶制品进行检验或者将其从商店中下架。这一丑闻再次暴露出有关食品安全、腐败、缺乏政府监管的顽疾。

美国金融巨头的高管高薪

自 2008 年年中以来，美国银行业陷入了自 20 世纪 30 年代大萧条以来最严重的衰退期。在衰退期，投资者承担了巨额损失,纳税人缴纳上万亿美元的税金对银行业进行"救市"。但是,当市场繁荣的时候,这些金融巨头的高管和职员却获得了巨额的收益(*Bank Incentives*,2009)。在其破产的 3 年前,贝尔斯登公司(Bear Stearns)总共支付了 113 亿美元的员工薪酬与福利,而其股东在公司破产后只收到摩根大通集团(J. P Morgan Chase)约 14 亿美元(现在大概只值 7 亿美元)的股票。2007 年以前,莱曼兄弟公司(Lehman Brothers)在 3 年内共分配了 216 亿美元的员工薪酬与福利,但是其股东却因为公司破产而分毫未得。同时期,美林证券公司(Merrill Lynch)支付了 450 亿美元给员工,但是股东只得到美国银行(Bank of America)现值仅为 96 亿美元的股票,股票价值低于其最初价格的 1/5。花旗集团(Citigroup)在 2007 年支付了 344 亿美元的薪酬与福利,但是目前集团价值只有 181 亿美元。最极端的例子是保险和金融服务巨头美国国际集团(AIG):该公司在 2008 年第四季度约亏损 617 亿美元,收到超过 1 700 亿美元的联邦政府救助金。然而,作为其总值 4.5 亿美元的员工薪酬及福利的一部分,美国国际集团在 2009 年 3 月 21日向管理层支付了超过 1.65 亿美元的奖金。这些声名狼藉的例子加深了美国大众认为银行业是一个"易发大财的工作"的看法(*Economist*,2009c)。

为什么公司治理会失效？

虽然公司治理失效的形式、程度以及对员工、顾客和股东的最终影响在这三个国家存在差异，但其共同点在于，不论在发达国家还是在发展中国家，这种大规模的公司治理失效的事件都会频繁发生。理解这些事件发生的原因，以及这些国家提出的公司治理改革措施及其实际效果，是一件非常有价值的事情，有助于监管机构改善本国公司治理和重塑金融市场信心。

美国公司治理失效

Roe(2005)将美国公司的治理失效归咎于美国公司治理环境中的两个核心问题：管理权与控制权分离，以及一个分权而多孔的监管体系。因为管理权与控制权分离，并且所有权由分散的股东所持有，所以控制权就掌控在雇用的经理层手中。在一个分权和多孔的监管体系中，各个监管机构只拥有部分权力，缺少一个能够监督和解决不同监管机构之间潜在的矛盾冲突的单一的、统一标准的监督机构。美国治理架构的这两个核心特点有明显的优势，但是每当企业和利益相关方面临治理危机时，它们也存在弊端。

所有权与控制权的分离有助于促进企业的规模经济、

雇用和保留高质量的管理人才、灵活地进入和退出市场、满足企业家和初创企业的融资需求等。然而，这种分离加重了激励不当、管理者的利己行为等后果。所有权与控制权的分离很大程度上解释了美国企业不断出现的治理问题，金融市场也见证了20世纪七八十年代的恶意并购、80年代的内部交易、90年代的超额高管薪酬和21世纪的安然和其他大企业的丑闻等。

此外，这种分权和多孔的监管架构还对公司治理变革的有效性提出了挑战。大企业的管理层和他们的审计师、会计师能够利用游说美国证券交易委员会（SEC）、先发制人地提起诉讼、通过代表选举影响国会等方法，影响监管法规的制定和实施。公司治理系统的这些基础特征导致了一些无法被解决的不稳定性，每一次危机会产生一些针对解决即时问题的特定措施，但是下一次的失效却又是不可避免的。

中国和印度的公司治理失效

与美国的公司治理问题不同，像印度和中国这类发展中国家的公司治理失效不是源于所有权和控制权的分离，而是源于国有企业及家族企业里所有权和控制权的高度集中，以及帮助大股东实现对企业更大控制权的金字塔所有权结构。比如，印度许多大型企业为家族所有，它们的创始人（比如前文讨论过的萨蒂扬案例）拥有足够的控制权,使得它们能够通过谎报财务报告、采取有问题的财务手段及复杂的交叉持股方式等,建立"影子企业"(*Business Week*,2009)。在中国,政府控制着超过70%的在深圳和上海股票市场上市的公司,创造了寻租的可能性。

在这两个国家,所有权和控制权过度集中在同一个体系中,导致了其他的相关问题。例如:(1)企业及其管理层缺乏进行公司治理变革的动机;(2)外部监管系统和监管机构欠发达;(3)缺少合格的独立董事。虽然印度的正式财务报告标准在问责和透明度上基本符合国际准则的要求,并且成立了独立于政府之外的监管机构——印度证券交易委员会(*Economist*,2009b),但是政府法规的执行通常无力且存在重要漏洞。政治关系也经常损害执法机构的独立性和意愿(*Economic Times*,2009)。

公司治理变革:为什么效果不理想?

美国最近的公司治理变革:有效性的混合证据

在安然公司及其类似的丑闻之后、2008年金融危机爆发之前,美国政府和监管机构已经注重颁布《萨班斯-奥克斯利法案》等新法规,着力建立一个覆盖面更广的、更加严格的监督执行机制。这些措施的目的不仅是平衡股东及管理层之间的利益,而且也是为了保证更透明、更完善的财务披露,提高管理层及董事会的问责制,以防止潜在的欺诈行为。

　　然而,这些制度变革的预期收益和实际效果之间有显著的差距,很多缺口是因为本文前面讨论过的美国治理体系的两个核心问题(Roe,2005)。一方面,管理层处于能够操控企业的有利地位,可以为自己牟私利,而所有权分散的股东对此几乎束手无策。另一方面,分权而有孔的监管体系无法提供有效的监督和执行力度。在 2008 年的金融危机中,曾备受尊重的华尔街金融企业崩解或濒临崩解,安然丑闻之前已有的监管缺失仍然存在,甚至导致了更加可怕的结果。

　　一个被广泛运用但是没有达到预期目标的治理措施是权益形式的高管薪酬。根据代理理论,向 CEO 及其他高管授予(或者出售)股票或者股票期权,可以激励管理层、解决股东与管理层之间的委托代理问题。在 2001 年股票期权的使用处于顶峰之时,主要美国企业的 CEO 薪酬总额超过 50% 的为股票期权。

　　然而,对于管理层而言,股票期权的风险及收益是不对称的。如果股价表现不佳,管理层可以选择不兑现股票期权,所以股票期权的最低价值为 0,即股票期权的下跌风险为 0;但是股票期权的潜在上涨收益却是无限的。这种不对称性为管理层提供了一个很强的动机去追逐高风险的战略及投资项目,因为他们可以从潜在的正收益中获益,却不用承担高风险。但是高管的"赌博性"战略及投资行为对股东却是有害的，会导致剧烈的企业业绩波动，股东最终要为此买单。

过度使用期权的高管薪酬计划也为管理层提供了操控期权授予日期的动机。在这种操控案中，企业不是把实际的股票期权授予日记录为授予日，而是选择过去一段时间内企业股价较低的那一天为股票期权授予日。这种操控行为被称为"期权授予日回溯"（option backdating）。期权授予日回溯可以人为地提高股票期权的价值，但是却属于公司欺诈行为。根据 Heron 和 Lie（2009）的估计，1996—2005 年间授予高管的股票期权约 13.6% 被回溯。

某种程度上，期权形式的高管薪酬计划不仅没有解决股东与高管层之间的委托代理问题，反而应该为 2008 年金融业的崩解承担部分责任。金融企业的管理层为了获得巨额薪酬，有强烈的动机对权益形式的薪酬计划采取投机行为。

中国和印度的公司治理变革：政策执行的失效

如前文提及的，相较于美国，中国和印度两国的公司治理面临着不同的挑战。与其他已经有几十年的公司治理、金融市场发展经验的国家相比，这两个国家的制度、经济和司法监管环境还处于起步阶段。

在印度和中国的监管体制发展中，监管机构都主张加强上市公司财务披露的可信度和完整性，遵守会计和财务报告的国际准则,实现更高的透明度和公司管理人员的问责制。例如,1993 年 12 月颁布的《中华人民共和国公司法》是治理进程中的一个重要起点,其次是 1998 年 12 月颁布的《中华人民共和国证券法》,以及 2002 年 1 月颁布的《上市公司治理准则》。后者旨在进一步强化与会计程序和信息披露、独立董事的选择、股东权利的保护相关的要求。

在印度,1992 年印度证券交易委员会的建立,是公司治理变革进程中最重要的里程碑。此后,四个独立的治理委员会提出了一系列覆盖范围广泛的政策建议。这四个独立的治理委员会是 1996 年成立的巴贾杰委员会、2000 年成立的贝拉委员会、2002 年成立的占德拉委员会,以及 2003 年成立的默西委员会。这些政策建议成为印度政府所实施的公司治理变革的重要基石。有关这些委员会提出的具体建议以及发生的公司治理变革的更多细节,请参见下一篇文章。

尽管这两个国家都出台了综合的公司治理变革措施,但在执行变革措施的环节上却是非常薄弱的。在一份关于印度公司治理准则执行情况的报告中,世界银行指出了严重的差距和空白,尤其在这些方面:来自金融机构的董事在公司中的角色、股票上市法规和准则、内部交易、股息和股票转让交易等(World Bank,2004)。

在处理萨蒂扬危机这个问题上,印度政府虽然在很多方面做得不错,但是仍然被批评反应太慢。比如,当萨蒂扬的欺诈行为在周三早上被披露后,第一个重要的决策(即解聘全部董事)是在周五的晚上作出的。在一篇发表在印度主要商业期刊上的批评文章中,Dubey(2009:64)讽刺道:

> 如果企业的财务状况、账目和 IT 基础设施仍掌控在那些有欺诈行为的管理层手中,那么这七十多个小时的重要时间被浪费了又怎么样?如果中央和各邦政府这三天都在争论谁应该对拉贾兄弟采取法律措施那又怎么样?如果已经被萨蒂扬投资者发现的罪证已经被破坏……他们无法找到银行对账单那又怎么样?

Dubey(2009)还指出:

> 印度也必须达成一种共识,将负责调查经济欺诈行为的人员及机构从如印度企业事务部这样的"政治魔爪"中分离出来。一个国家的商业和政治是紧密相连的,政治控制力能够潜在地影响调查人员。如果商业欺诈或者破产事件的调查人员拥有足够的权力和可以避开政治干扰而采取措施的独立性,那么所有这些都可以被避免。

作为三鹿奶粉丑闻的一个直接后果,中国政府颁布了于 2009 年 6 月 1 日开始执行的首部食品安全法——《中华人民共和国食品安全法》，并希望借此恢复消费者信心。根据这部法律，消费者可以获得因受污染食品所导致的损害的赔偿，还可以获得最高达产品价格 10 倍的财务赔偿。这部法律也禁止食品安全监管机构为产品做广告，包括名人在内的个人要为所代言的产品造成的损害承担责任。虽然新的法律体现了监督和强化食品安全标准的重要一步，但仍有人心存疑虑。新的法律并没有建立一个类似于美国食品药品监督管理局（U. S. Food and Drug Adminstration，FDA）那样的独立的机构去负责食品安全事务。多个部门，包括卫生部、农业部、国家质量监督检验检疫总局、工信部和商务部，将会共同承担监督国家食品安全供应的责任。此外，中国已经有超过 45 万家注册的食品生产和加工企业，而绝大多数只有 10 名或更少的员工。如何监督这些小企业将是中国保证食品安全的最大挑战。

制止公司治理欺诈行为：一个成本 - 收益分析模式

针对财务欺诈、产品造假和其他违反公司治理法规的行为，我们提出一个公司违规行为的成本 - 收益分析模式。根据这个模式，这些违规行为发生的可能性取决于两个因素：（1）违规行为的成本；（2）违规行为的收益。行为者需要承担的成本越高,或违规行为可获得的收益越低,违规行为发生的可能性就越小。

提高公司违规行为的成本

在公司治理违规行为中,行为者可能承担的成本取决于三个因素。第一个因素是违规行为被发现的可能性,这取决于现有的监管机制。监管越严,违规行为被发现的可能性越大,企业或其管理层进行违规活动的可能性越小。

第二个因素是违规行为如果被发现,惩罚程度如何,以及谁将承受这个惩罚。严厉的惩罚(比如当某些违法行为被发现后的市场禁入)会降低企业及其管理层的违规动机。然而,在很多情况下,由于是企业支付赔偿、股东买单,这种惩罚对管理层的约束效果就是有限的。比如,2002 年 5 月,美林证券公司被发现其分析师在科技泡沫时期在其公司分析报告中言不符实,公司因此向纽约州政府支付了高达 1 亿美元的罚金。但这是股东买单,而不是管理层承受处罚。相对而言,美国证券交易委员会要求上市公司的 CEO 和 CFO 对本公司财务报表的准确性、完整性作出个人保证,这项措施更可以缩小公司财务披露和高管个人责任之间的司法空白,从而提高公司财务信息披露的质量(Zhang and Wiersema,2009)。一旦 CEO 和 CFO 对本公司的财务报表提供个人保证,以后的财务报表修改有可能迫使管理层承担法律责任。

第三个因素是执行惩罚的可能性,这一点依赖于现存司法体系的有效性和速度。特别是在中国和印度这样的发展中国家,公司治理最主要的问题不是司法缺失,而是对现有法律及时和连续的执行力度不足。

降低违规行为的收益

违规行为的潜在收益取决于采取这种行为的个人或组织的效用函数。违规行为的效用反映在财务和非财务性的收益(比如政治影响力、声誉、社会地位等)上。这些收益可能很大,尽管这些收益的范围和性质在不同情境下存在差异。在美国,2008 年金融危机中发生了一系列的大型金融机构倒闭事件。某种程度上,这是金融业的高管薪酬持续增长、公司战略过度激进冒险所致。高管薪酬一直是学术界和商业界持续争论的话题之一。高管层的高额薪酬、薪酬与业绩脱钩,尤其是在公司战略失败、业绩差的时候高管层不用承担什么个人风险,已经是迫在眉睫的问题。

在发展中国家,经济环境的开放、私营企业准入那些曾被政府主导的行业……这些变革带来了很多经济机会。虽然财富创造的总体机会增加了,但是财富分配却是不均衡的。近年来商业媒体报道记载了中印两国不断增加的亿万富翁的人数,以及高管层快速增长的薪酬。在美国,驱动管理层进行过激的公司扩张行为的"胜者为王"现象,如今也渗透到发展中国家,并且被松懈的治理制度和疲软的执行机制进一步放大。

美国的公司治理挑战：成本与收益

综上所述,公司违规行为取决于采取违规行为的成本和收益。相对而言,美国的法规制度能够有效地处理公司违规行为的成本问题。但是,它们仍然面临着提高公司违规行为的成本和降低公司违规行为的收益这一双重挑战。近年来出台的一些政策措施,尤其是那些针对高管薪酬的政策措施,可以有效地降低公司违规行为的收益。这些政策措施包括如下几项：（1）接受联邦政府补助金的银行必须限制高管薪酬、禁止为离职高管支付高额遣散费,即"黄金保护伞"；（2）股东可以要求对高管薪酬方案进行投票；（3）对高管的递延薪酬（defered compensation）有更强的限制；（4）董事会需要更明确地定义公司业绩与高管薪酬的关联；（5）限制对高级管理人员的遣散费；（6）更宽泛的追回条款使得公司能够追回已经发给高管的奖金；（7）在公司治理方面,尤其是针对高管薪酬,美国证券交易委员会有更高的参与度；（8）公司信息披露更加透明,强化高管对公司信息披露的个人责任（*Economist*,2009c）。

中国和印度的公司治理挑战：成本与收益

在中国和印度这样的发展中国家,松懈的监督和疲弱的执行导致了相对较低的违规成本,同时,快速成长的机会又可以提高违规行为的收益。这些经济体难以同时处理这两个挑战。限制薪酬水平、投资机会等措施，虽然能够降低违规行为的收益，却会遏制这些经济体急需的企业家精神、雄心勃勃的成长意愿。鉴于像中国和印度这样的经济体依旧处于发展阶段，我们相信，在中短期内，聚焦于违规行为的成本考量、更加严格地执行和实施惩罚机制可能是更加明智的。

比如，印度的《标准和守则遵守情况报告》（ROSC）提及目前印度已有的处罚和执行准则是不完整的（World Bank，2008）。尽管股票交易市场采取了警告、暂停交易、退市等处罚措施，但这些处罚并不足以制止违规行为。为了消除监管漏洞，ROSC建议负责上市公司治理的三大监管机构在角色和责任上进行更好的协作。

总结

公司治理危机在发达和发展中经济体中都在不断地发生。公司违规行为的发生，从根本上讲，取决于违规行为的成本及收益。理解发达和发展中经济体在制度环境上的差异，能够帮助我们理解哪些措施可以提高违规行为的成本或降低违规行为的收益，从而选择有效的治理措施。必须指出的是，公司治理措施有情境特定性，它们在特定的情境下能够有效地遏制公司治理失效，在别的情境下可能就不那么有效了。

中国和印度的公司治理变革：机遇与挑战^①

本文讨论中国和印度这两个新兴经济体国家的公司治理变革发展进程。我们首先讨论这两个国家公司治理变革背后的两个主要推动力：私有化和国际化。在总结公司治理变革的过程之后，我们讨论这两个国家在公司治理推动过程中遭遇的四个主要障碍：（1）动机的缺失；（2）大股东的影响力；（3）外部监管体系的不完善；（4）合格独立董事的匮乏。接下来，我们讨论这些治理挑战对正在关注或者已经投资于新兴经济体的外国企业的借鉴意义。外国企业一方面需要寻求更具操作性的有效参与模式，另一方面也需要采取必要的防范手段。

---

① 本文由张燕和南加州大学马歇尔商学院的 Nandini Rajagopalan 教授合作，原文发表于 *Business Horizons* 2008 年第 51 期。刘白璐翻译，张燕审校定稿。

中印两国的公司治理

公司治理体现了拥有公司权益的利益相关方之间的权利和义务关系。现有的关于公司治理的研究主要侧重于如何保护股东权利，并且更集中于发达国家。但是，中国和印度这些发展中国家的公司治理问题，为公司治理实践和研究提供了独特的机会与挑战。

新兴经济体的公司治理机制不仅对本国企业重要，而且对那些投资于这些国家的外国企业也非常重要。对发展中国家的本土企业而言，相对于发达国家的本土企业，这类企业受自身公司治理水平薄弱的影响，在金融市场上会遭受折价（LaPorta，Lopez-de-Silans，Shleifer，and Vishny，2000）。公司治理的改善也能够加强投资者对这类企业的信心，从而帮助其获得融资。根据麦肯锡公司（McKinsey）2002年的一份投资者意见调查，投资者愿意为治理有方的中国企业支付平均约为25％的溢价，为同类印度企业支付约为23％的溢价（Barton，Coombes and Wong，2004）。对外国投资者而言，中国和印度及其他新兴经济体已经成为其成长和利润的主要来源。新兴经济体的市场机会虽然提高了西方跨国公司的收益机会，但也暴露出落后松懈的公司治理带来的问题和风险。这些国家的公司治理规范仍处于发展阶段，因此外国投资者需要意识到投资所在国的制度环境的复杂性及不确定性,从而选择适当的投资形式和投资程度以保护自己的短期与长期利益。

需要指出的是,由于发达国家和新兴经济体国家的机制环境差异,西方发达国家的公司治理实践可能并不适用于新兴经济体国家。不仅仅中印两国之间,而且中国、印度和美国或其他西方国家之间的司法与机制环境均存在显著差异。股权结构、商业模式也不同。因此,虽然发展中国家的监管层可以从西方国家借鉴公司治理机制,但是这并不能保证它们会被严格执行从而保护投资者利益。

中印两国公司治理变革的推动力

在众多影响中国和印度两国公司治理变革的因素中,私有化和国际化这两点尤其重要。在本文中,我们将会讨论这两个因素如何影响中印两国的公司治理变革,并且分析它们在这两个新兴经济体的影响力上的差异。

私有化对公司治理变革的影响

在过去的几十年里,新兴经济体国家雄心勃勃地对国有企业进行了私有化。在私有化过程中,股份从国家转移给包括管理层、员工、本地人、机构和外国投资者在内的私有或公众所有者,但国家也会保留部分股份。私有化后全新和分散的股权结构使得公司治理成为一个重要事项。

一方面,新的股权结构滋生了西方企业中常见的委托代理矛盾,即利己的管理者注重个人利益最大化而非所有者利益最大化。为了解决这一问题,企业需要制定能够有效平衡管理者和所有者利益的激励机制,或者制定对管理者行为有效的监督机制。另一方面,新的股权结构也导致了发展中国家特有的委托人与委托人之间的代理问题。在这种独特的代理问题中,大股东能够控制企业并侵占小股东的权益。因此,如何保护小股东免受大股东侵占也是非常重要的。

虽然中国和印度都经历了大规模的私有化,但两国之间的一个关键差异是国家对企业的干预程度。在印度,国有股份在公共服务单位(Public Sector Units)中最常见,通常政府是大股东而公众仅持有 20% 的股份。但是在其他行业,政府的参与度很低,家族企业(企业发起人连同他们的亲戚、朋友)占很大的股份。相比之下,在中国,政府仍然控制着战略关键行业。即便在已经私有化的国有企业中,政府虽然只是小股东,但其影响依旧不可忽视。

全球化对公司治理变革的影响

自从中国和印度分别在 20 世纪 70 年代末期、90 年代初期开始经济变革,两个国家都已卷入经济全球化的热潮中。2002 年,中国取代美国成为全球最具吸引力的投资国。印度则成为信息技术等行业外包的圣地。全球化对中国和印度的治理改革有非常大的贡献。第一，尽管新兴经济体通常在公司治理方面表现薄弱，但外国投资者在本国却面临更为严格的公司治理标准。为了保持他们的全球诚信与一致性，这些外国投资者在新兴经济体国家的经营也需要采取高标准的公司治理。因此，他们有强烈的动机避免在新兴经济体国家与那些有丑闻的当地企业直接或间接合作，以维护自身声誉。第二，外国投资者有公司治理方面的专业知识和相关经验。这意味着，当他们选择在新兴经济体国家进行投资时，他们有能力去执行更高标准的治理规范。根据国际金融公司（International Finance Corporation，IFC）联席董事卡林·芬克尔斯坦的观察，"似乎所有人都认为我们的名称很管用，但实际上我们要在做大量工作之后，才愿意把我们的名称和某个企业的名字联系在一起"（International Finance Corporation，2005）。事实上，在提供任何咨询和融资业务前，IFC都非常重视从客户企业那里获得有关其公司治理行为的文件。

外国投资者对中国和印度的看法并不一致。中国被视为世界领先的制造商并拥有成长最快的消费市场，而印度被视为全球最重要的商业流程和信息技术服务提供商，并拥有具有长期潜力的消费者市场。因此，中印两国的外商直接投资在性质上有显著差异。中国已经吸引到比印度更大规模的外商直接投资额。相对而言，外商直接投资在中国更多是资本推动型的，而在印度则是以信息技术行业为焦点的技术推动型的。

　　这一点区别对中国和印度两个国家的公司治理变革有重要的含义。因为中国的外商直接投资更多是资本推动型的，中国企业的公司治理改善的动力之一是出于追逐外国资本的需求。根据国际金融公司 2005 年年报，"许多客户公司直到即将上市时，才开始建立一个正确的公司治理体系。我们试图鼓励它们早点开始这一事项（International Finance Corporation，2005）"。完善的公司治理确实能够帮助中国企业获得外国资本。比如，归功于其改善后的公司治理，上海银行（Bank of Shanghai）在 2003 年成功地吸引汇丰集团（HSBC）购买其 8％的股份。这是外国商业银行首次对中国的银行业进行投资。如今，外商的股份总额已占上海银行总股份的 18％。相较而言，由于在印度的外商直接投资更主要是技术推动型的，印度企业完善公司治理的主要动力是在全球人力资源市场上吸引优秀的人才。

　　这些讨论说明中国和印度不仅仅与美国或其他西方发达国家存在差异，这两个国家之间也存在显著差异。接下来我们将讨论中国和印度两国的公司治理变革过程，以及这个过程如何受到各自所在的社会经济环境的影响。

中国和印度的公司治理变革发展过程

中国的公司治理变革

《中华人民共和国公司法》(下文简称《公司法》)的诞生被视为中国公司治理变革的重要起点。1993 年 12 月通过并于 1994 年 7 月 1 日开始执行的《公司法》在 1999 年被重新修订。两类企业受到《公司法》的规范:有限责任公司和合资企业。这部法规清晰地阐明了股东、董事会、经理层与监事会相应的责任、权利和义务。所有有限责任公司被要求建立董事会,且大型公司还需要建立由至少 3 名独立监事构成的监事会。在《公司法》中,董事会和经理层均被视为"内部人";由独立的"外部人"组成的监事会可对公司经理和董事进行监督。该部法规同时也赋予股东任免董监事以及决定他们薪酬的权利。

于 1998 年 12 月开始执行的《中华人民共和国证券法》(下文简称《证券法》)对资本市场业务、交易行为和相关事项进行了规范。该法规要求所有股票交易者、证券交易所、证券结算所和证券监管者必须定期向国家统计局提交报告以备审计之用。该法规同时也严令禁止内部交易和市场操控行为。

2002 年 1 月,中国证券监督管理委员会(China Securities Regulatory Commission,CSRC)颁布了效仿美国监管

体系的、针对中国上市公司的《上市公司治理准则》。该准则致力于通过提高会计程序和信息披露的相关标准、推广独立董事体系、加大公司管理层的监管力度，促使上市公司建立坚实的公司治理体系。《上市公司治理准则》也扩展了股东权利，强调小股东应该和其他股东享有同等地位并且赋予股东通过司法诉讼或其他法律手段维护自身利益的权利。此外，该准则给机构投资者在决策环节（包括董事的任命）更多的话语权，并试图强化董事会和监事会的角色。最后，该准则要求上市公司遵循以下公司治理规范：

· 上市公司应在公司章程中规定规范、透明的董事选聘程序。

· 控股股东控股比例在30%以上的上市公司，应当采用累积投票制，以保护小股东的合法权益。

· 2002年6月30日前公司必须有至少2名独立董事，而2003年6月30日后董事会中必须有1/3以上的独立董事。

· 监事有了解公司经营情况的权利，并承担相应的保密义务。监事会可以独立聘请中介机构提供专业意见。

· 上市公司应按照法律、法规及其他有关规定，披露公司治理的有关信息，如董事会、监事会的人员及构成和独立董事出席董事会的情况等。

· 公司应对关联交易的定价依据予以充分披露，且不得为股东及其关联方提供担保。

· 上市公司应该详细披露控股股东的信息;控股股东应尊重上市公司的独立性,并且采取有效措施避免同业竞争。

· 上市公司应该及时披露:各专门委员会的组成及工作情况;公司治理的实际状况,以及与本准则存在的差异及其原因;改进公司治理的具体计划和措施。

印度的公司治理变革

在印度,对公司治理的迫切需求源于 1991 年经济自由化之后的一系列重大股票市场丑闻。这些丑闻大部分与内部交易相关。除此之外,还有不少企业以高折价向发起人分配优先股和初创企业携投资款"消失"的案例。印度公司治理变革过程中里程碑式的事件,是于 1992 年成立了印度证券交易委员会(Securities and Exchange Board of India,SEBI)。自建立以来,SEBI 已经组建了多个重要委员会来检查公司治理所面临的挑战、建立公司治理法规。由印度重要实业家拉胡尔·巴贾杰(Rahul Bajaj)担任主席的第一个公司治理委员会(巴贾杰委员会)成立于 1996 年,并于 1998 年 4 月提交第一份建议书。由另一名印度知名实业家库玛·贝拉(Kumar Birla)担任主席的第二个委员会(贝拉委员会)在 2000 年提交其报告。第三个委员会(占德拉委员会),由纳雷希·占德拉(Naresh

Chandra)担任主席,在 2002 年 8 月建立并聚焦于公司审计行为。第四个委员会(默西委员会),由印度软件行业龙头企业印孚瑟斯技术有限公司(Infosys)的创始人兼董事会主席纳拉亚纳·默西(Narayana Murthy)担任主席,并于 2003 年提交其建议书。虽然本文无意对各个委员会的报告进行细致分析,但我们总结了他们提出的一些重要建议,以体现这些委员会工作的严谨性及综合性。

贝拉委员会的建议被 SEBI 正式采纳,列于《上市协议》第 49 条。其建议聚焦于公司董事会、审计流程和股东权利。

• 董事会构成:当董事会主席为全职时,50％的董事应为非执行董事,另 50％的董事应为执行董事。

• 审计委员会的构成:该委员会必须由三名独立董事组成,其主席需要拥有丰富的财务背景。一名财务董事和一名内部审计负责人也应被特别邀请参与其活动。该委员会一年至少召开三次会议。该委员会的主要责任是每半年或每年复核一次企业财务表现,聘用或解雇审计师,复核内部控制系统的完善性。

• 董事会流程:每年至少召开四次董事会会议。在其任职的所有公司的董事会上,董事不能参与超过 10 个委员会,董事会主席不能服务超过 5 个委员会。

• 管理层的分析报告:应包括对行业架构和趋势、机遇与挑战、各个主要业务部门的业绩的讨论,以及对企业财务表现、未来展望、企业风险与顾虑的分析。

· 股东权利：股东应被允许获得企业季度报告、分析师报告、半年度的财务和重要事项报告以及来自非执行董事的投诉和不满的总结。

占德拉委员会关于审计改革的建议在 2003 年公司（修正）法案中被正式采纳。这个委员会指出了一系列不合规的审计行为，比如，与被审计公司相关联、与客户存在任何形式的商业关系或者与董事存在私人关系。此外，它建议禁止审计事务所为客户提供非审计业务，并要求上市公司 CEO、CFO 对公司年度审计账户的公正性和正确性承担责任。

默西委员会在 2003 年进一步评估了现行的公司治理准则，并提出了一些更规范的公司治理准则。这个委员会的许多建议与董事会的职责有关，包括对董事有更加正式的培训机制、提名董事的淘汰制、独立董事待遇标准、董事会对公司风险管理的监督责任。这个委员会还提出了其他建议，包括强化审计委员会的职责、改善财务信息披露的质量、建立首次公开募股（IPO）募集收益的使用规范、审核分公司和持股公司，以及保护揭发公司违规行为的"告发者"（whistles blowers）的制度。默西委员会的这些建议已经在印度公司法修正条例中被正式采用。

中国和印度公司治理变革面临的挑战

中国和印度的公司治理变革强调了上市公司的可信度、董事会和管理层的责任、对中小股东的保护及信息披露的必要性。但是，过度监管和不彻底的执行是大部分亚洲公司治理体系的特点，中国和印度也不例外。世界银行发布的《关于遵守国际标准与准则的报告》（Observance of Standards and Codes，ROSCs）分析了多个国家对经济合作与发展组织（Organization for Economic Co-operation and Development，OECD）的公司治理准则的执行情况。2004年关于印度的报告指出其在执行公司治理标准方面的主要差距，这些差距主要体现在来自财务机构的董事的角色、股票上市的法律规范、内部交易以及股利和股权的转移交易上（World Bank，2004）。事实上，那些在实务中经常发生的公司治理过失，正是大量正式法律规范所关注的领域。很明显，公司治理过失不仅仅是因为正式的治理法规的缺失，更是因为执行机制的相对薄弱。

中国和印度的许多企业已经建立了董事会、独立董事和独立审计师等基础治理架构，但是企业很少有全方位的治理机制。在这方面做得较好的是印度软件巨头公司印孚瑟斯技术有限公司。该公司主动披露其与OECD公司治理准则的合规程度，根据国际会计准则调整自己的财务报表，其董事会主要由独立董事组成，并且有独立的审计委员会、提名委员会和薪酬委员会。只有当更多企业和相关监管层严格执行这些或者近似的治理机制时，这些国家的公司治理变革才能真正有效。然而，四个挑战阻碍了中印两国公司治理变革的推动进程。接下来，我们将一一展开讨论。

动机缺失

即便中印两国公司治理法规鼓励变革，关键相关方（如监管层、董事会、监事会、管理层）并没有强烈的动机去执行这些变革。通常是，有丑闻事件发生了，监管层才有动机、压力去严格地执行法规。投资者，尤其是国内投资者，更大程度上是追求短期现金收益，而非长期的股东价值，因此对公司治理的违规行为也会选择视而不见。对管理层而言，除非公司治理变革能够帮助他们实现即时目标，否则他们也不会有强烈的动机去执行这些变革。譬如，对外国资本的需求已经促使中国的一些大型企业采取治理变革的措施。此外，即便是独立董事，也可能与控股股东或高管层有千丝万缕的联系，他们通常代表了某个利益团体，而非所有股东。在中国，尽管上市公司需要设置监事会，监事会基本上也是形同虚设。因为职工监事与那些进行业绩评估、晋升和薪酬决策的高级管理层存在汇报关系，因此职工监事难以保持其独立性。总之，除非这些执行动机缺失的问题能够被缓解，否则在中印两国进行治理变革会比通过新的治理法规更加困难。

大股东的影响力

现有治理文献中的一个主流理论观点是，董事会应该监督管理层、保护企业所有者（即股东）的利益。在美国这样的制度环境中，委托代理问题主要来自股东和管理者之间的利益不一致。但是，在中印两国，委托代理问题的核心并不是管理者和所有者之间的利益冲突，而是大股东和小股东之间的利益冲突。因为董事会的任命主要来自大股东，寄希望于董事会来规范大股东是不切实际的。这一点也导致了中印两国企业董事会的低效性。

中国和印度的企业中有两种类型的大股东。第一种是国有股东。当政府控制企业时，政府显然可以通过它的影响力去实现政府的目标，而非其他股东的利益。第二种是非国有企业里的家族或个人大股东。大股东可以通过经济和社会手段获得利益。用经济手段，他们可以用金字塔持股结构去实现对企业更大的控制权，以及从关联交易中获利。用社会手段，大股东任命关联人、朋友或家族成员为企业高管，而这些高管更关注其家族的利益而非小股东的利益。总之，发展中国家的公司治理变革面临双重挑战，不仅需要解决传统的股东和管理层之间的委托代理问题，还要解决大小股东之间的委托代理问题。

欠发达的外部监督系统

中国和印度的公司治理变革更聚焦于内部机制,强调董事会和管理层的责任以及信息披露的必要性。然而,有效的公司治理仅仅依赖内部机制是不够的,还需要外部监管机构、司法和金融体系之间的配合。在美国的公司治理体系中,外部机构包括美国证券交易委员会(类似于中国的证券监督管理委员会和印度的证券交易委员会)、法院、证券分析师、机构投资者、股票交易市场、专业审计公司、保险公司(为董事和高管提供法律责任保险)和私人律师事务所。相应地,有效的治理机制不仅包括董事会这样的内部机制,还包括敌意并购、委托书并购、对小股东的司法保护和外部劳动力市场对管理层的约束等外部机制。因为中国和印度的市场经济历史较短,这些外部监管体系仍处于起步阶段。

合格独立董事的匮乏

中印两国的公司治理变革均强调了独立董事的重要性,而治理法规也已经明文规定了独立董事的最低人数、角色和责任。然而,实施公司治理变革的一个主要障碍是能够胜任独立董事职责的人数有限。解决这个问题的一个重要途径是培训。然而,很多培训项目时间较短,只能提供非常宽泛的指导,更多是侧重于规章制度的学习,而非独立董事能力的提高。此外，中印两国独特的文化和商业环境限制了西方现有的公司治理最佳实践的适用性。为了能够有效适应中印两国上市企业的要求，西方的最佳实践必须与当地文化相结合。

更为重要的是，独立董事不能成为不需要承担责任的"闲职"。很多企业的独立董事是退休的政府官员、大学教授、金融机构提名的董事，他们并没有强烈的动机去监督管理层。对很多人而言，上市公司的独立董事是一个荣誉，是挣点额外收入的渠道。为了促使独立董事真正行使他们的职责，他们必须有明确的法律责任，那些没能履行应有勤勉义务的独立董事需要承担相应的财务赔偿。为了能够承担这样的风险，董事自己或者其公司需要为董事购买责任保险（directors and officers liability insurance）。这也会激励保险公司来监督其所承保的个人董事和企业。只有这样，董事们才有动力去履行其应有的职责。

在本文中，我们比较了中印两国的公司治理发展进程。我们相信对这些过程的深入理解，能够帮助本国和外国企业、监管机构将西方经验与本土知识有机结合，继而提高公司治理水平。

治学的态度

刚刚接到通知,李海洋教授和我 2010 年发表于《战略管理学报》(*Strategic Management Journal*)上的文章获得了创业学领域的一个重要奖项:Greif Research Impact Award。今年 8 月在管理学协会(Academy of Management)的年会上领奖。

这个奖项每年评选一次。它的评选标准是,6 年前发表于顶级管理学期刊上的所有关于创业学(Entrepreneurship)的文章都参选,文章发表后 5 年之内被引用率最高的那篇文章获奖。引用率以社会科学引文索引(Social Science Citations Index,SSCI)为准,不包括自我引用。所以,这个奖项能比较客观地评选出对创业学这个领域最具影响力(impact)的文章。

获奖文章是:

Zhang,Yan and Haiyang Li (2010),Innovation search of new ventures in a technology cluster:The role of ties with service intermediaries. *Strategic Management Journal*，31（1）：88—109.

回想起来，这篇文章从最初投稿，到最后被接受，一共花了 8 年时间。在几个顶级管理学期刊转了一圈半。为什么说是"转了一圈半"呢？因为有一两个期刊，我们投了主题特刊（special issue submission），然后又试了常规投稿（regular submission）。最终，它在《战略管理学报》被杜克大学的威尔·米切尔（Will Mitchell）教授接受。

8 年"磨一剑"，其中艰辛，只有自知。今日得奖，真是意外之喜。非常感谢引用我们文章的学者们。希望我们能够一起努力，将针对中国企业的战略管理学研究和创业学研究发扬光大，在国际学术界占据一席之地。

有些学生、青年学者问我，如何才能在国际顶级期刊上发表这么多的文章？我想，除了良好的训练（training）之外，最重要的就是要有个精益求精的治学态度。

举个例子吧。这一周我每天都工作到凌晨，终于完成一篇文章的大修改（major revision）。虽然我也知道熬夜不好，却总是难以避免。事实上每次文章大修改到关键时刻，我都近乎于日不能食、夜不成寐。也正因为如此，我在顶级期刊上修改再投稿（revision and resubmission）的成功率一直比较高。

文章大修改刚开始的时候，是"大动作"，包括收集新的数据、重新作数据分析、改写理论部分等。在最后的阶段,这些大改动已经完成,更多的是对细节的完善。有些学生、青年学者抱有"差不多就行"的心态,不愿意在这些细节上下功夫。

在我看来,这种心态是不对的。对细节的重视不仅影响到文章最终能否被接受,更重要的是,它能使一篇有趣的文章(an interesting paper)变成一篇了不起的文章(a great paper),甚至成为博士生文献研读课上的范文。况且,一篇文章一旦发表,就是白纸黑字,一生如影相随,想丢都丢不掉。所以,对自己的每一篇文章负责,就是对自己的声誉负责。

为了达到这个目标,只能精益求精,把自己折腾得很累,同时把合作者们也折腾得很累。我也知道我对学生和合作者的要求挺高的,有时会很不好意思。可是我也只能说,"我对我自己的要求,绝不比我对你们的要求低"。

再举个例子吧。我们管理学协会一年开一次年会。2015 年 8 月,先生在上课,女儿在夏令营;我自己带着儿子来温哥华开年会。

儿子第一次参加管理学协会的年会,是 2005 年 8 月在夏威夷。那时他只有 3 个月。折叠婴儿床、婴儿车、摇摇椅,我们全都带上了。在机场遇见学界"大牛"迈克·希特(Mike Hitt)教授及其太太。希特教授的太太开玩笑说,"迈克,你总是说我出门旅行带的东西多,你看看他们,这才叫行李多呢!"

儿子现在 10 岁零 3 个月，一共参加了 11 届管理学协会的年会呢！我自己呢，从 1997 年作为博士生入学，到 2015 年，18 年参加了 18 届，一次都没有错过。我这个纪录，其实不算什么，超过的人应该不少。可是要想超过我儿子的纪录，就比较难了！是我对学术的执着，成就了他的这个纪录。

2005—2015，10 年间，我儿子从一个怀抱里的婴儿长成了一位少年。我从一名起步的助理教授（assistant professor）登上了教授职位的最高级别——讲席教授（chair professor）。我俩一起成长，也见证了彼此的成长。

所以，如何才能在国际顶级期刊上发表这么多的文章呢？我的建议只有两点：（读博士时）获取最好的训练，包括理论和实证上的训练；然后就是，全力以赴，精益求精。

（2016.4.11）

加拿大温哥华

年轻人，给你自己找个导师

我的好友南希（非真名）委托我见见一位大学二年级的小姑娘，给她一点儿职业发展建议。我和这个小姑娘约了今天下午两点在我家附近的星巴克见面。准点，我带着儿子到了那（假期中没地方放孩子）。

一进门，看见一个小姑娘坐在那里，衣衫齐整，一副等着面试的样子。我心想，是她吗？没见过她的照片，不确定，先给她发个电子邮件再说。没有动静，我就买了两杯饮料，和儿子一边喝一边看书等着。20分钟过后，没人找我，也没回音。而那个姑娘还在等人。我实在忍不住了，掉头问她，"不好意思，请问……"我一开口，我俩当然就接上头啦（不知道她为什么就是没收到我的邮件）。我一进来，她就觉得是我，但是又不能确定，一直在琢磨着怎么开口。我估计是因为我带着儿子，迷惑了她。不能怪她啊！我跟儿子在一起，就是一个"二十四孝"好妈妈，职场风采是一点儿也没有的。

和小姑娘谈了一个多小时。总体来看,她是个挺上进的年轻人,家在休斯敦,在外地上学,对自己的未来有点儿想法,却又不知道如何开始。本来是自己在琢磨,今年遇到南希,南希又把她介绍给几位在休斯敦的朋友。

对年轻人而言,有导师很重要。首先,这与阅历有关。年轻的时候,我们常常会纠结于一些事情,而这些事在人生长河里、社会大背景下都不是事儿。有阅历的人的见解可以起到指点迷津的作用。其次,与信息有关。很多年轻人不是不努力,而是不知道往哪个方向努力、如何努力。站在更高处的导师更有经验和全局观,可以指出更可行、更高效的方向。最后是激励效果。人生是个自我探索的过程,很多时候我们不知道自己能干什么。如果一个已有成就的导师看好你,就会大大增加你的自信心。

回顾我自己的职业生涯,在每个阶段都受益于我的导师。在这里简单地谈谈几位对我影响很大的良师。我1988年上大学。说实在的,那时候填高考志愿真是没有概念。同学们大多是数学好就填数学系,化学好就填化学系。我的问题是各门功课都挺好的,就更不知道填什么好了(听起来好像不谦虚啊,不过我当年也算是"学霸"一枚)。幸运的是,我后来的大学班主任王建国老师代表南京大学到我们中学来招生,他建议我报考南京大学国际商学院的国际企业管理系,就这样把我带进了这一领域。今年夏天去日本，我特地在名古屋停留，拜访王老师，感谢他当年的引路之恩。

本科毕业后，我留在南京大学读硕士，导师是赵曙明教授。赵教授那时刚从美国留学回来，召开了第一届"企业跨国经营"国际会议。我在那次会议上大开眼界，第一次知道了什么叫在英文会议上作报告（presentations）。从那以后，开始依葫芦画瓢地做研究。那时也没什么文献，我就每天上午去商学院资料室，主要看中国人民大学的"白皮书"。感谢中国人民大学，不仅培养了我的先生，还翻印出版了那些"白皮书"，在我学术生涯的起步阶段，给我提供了重要的资料。

在那次会议上，我还遇到了一位对我至关重要的导师：中欧国际工商学院的忻榕教授。我在南加州大学（University of Southern California，USC）读博士时，忻教授是管理系的一位老师；后来我有幸又和她在中欧做了一年同事。在我人生及职业的数次关键时刻，忻教授给我指点迷津，帮我安然度过。我初识忻教授时，只有 21 岁，至今已是大半辈子的交情。尽管我俩聚少离多，一旦相逢，依旧是可以交心的朋友。

对我职业生涯影响最大的是我的博士生导师——南加州大学的 Nandini Rajagopalan 教授。她在研究、教学、文章评审（paper review）等方面都给我提供了良好的训练，为我的职业生涯打下了坚实的基础。后来，有些青年学者跟我说,他们很喜欢我的论文写作风格——逻辑清楚,言简意赅。我会说,你们去读读 Rajagopalan 教授的文章,就能理解我的风格是从哪里来的了。

我工作以后,受益于多位导师的帮助,包括加州大学 Irvine 分校的 Margarethe Wiersema 教授,德州农工大学的 Mike Hitt 教授和 Duane Ireland 教授,印第安纳大学的 Marjorie Lyles 教授,哥伦比亚大学/宾州州立大学的 Donald Hambrick 教授,以及密歇根大学的 Gautum Ahuja 教授,等等。

我也想过:我何德何能,可以得到这些导师的垂青?在我的职业生涯中,我坚持了两点。第一,聚焦(focus)。与其去做很多事,不如只做我能做的事。第二,尽力(try my best)。一旦决定做什么事,一定要全力以赴。我想是这两点赢得了导师对我的欣赏。

这两点,在我们这一行很重要(最起码从我的经验来看)。我们这一行的游戏规则很明确,就是(科研与教学)成果导向,所以不用想得那么复杂,专心把自己的事做好就行。另外,在我们这个领域,顶级国际期刊的接受率只有 5%—7%,竞争非常激烈。我对我的学生们讲:10 篇没发出来的文章＝0,1 篇顶级期刊的文章＝1 篇顶级期刊的文章＋未来很多的机会。所以我通常不会同时在很多篇文章上下功夫,而是集中于少数最有希望的。每一次大修改,我从不问自己:"我满意了吗?"我只问自己:"我尽力了没有？"

在此辞旧迎新之际，我感恩于一路走来帮助我、支持我的导师，也希望年轻的朋友们都能给自己找个好导师，事业更上一层楼。

（2016.1.1）

年轻人，给你自己找个导师 |

写作两类文章的随想

　　我今年和两个合作者在 *Journal of Marketing Research*（JMR，市场营销领域的国际顶级期刊）上发了一篇文章。以此文章为基础，针对近年来能源行业的解聘潮，我们又在能源行业的专业网站 Rigzone 上发表了一篇文章。JMR 那篇文章前前后后花了四年时间，Rigzone 那篇文章从讨论到发出来，两周搞定。投入不同，作者从中的受益自然也不同。JMR 那样的文章发五篇，可以在美国一流商学院拿到终身教职（tenure），捧上打不破的铁饭碗。Rigzone 那样的文章写了五篇，就赶快去写第六篇，还等什么呢？

　　尽管如此，这两类文章却各有其价值。前者注重理论的原创性和实证的严谨性。后者侧重于时效性和对实践的指导性。目前对管理学（以及商学院的其他学科）的一个批评与自我批评的观点是，研究与实践脱节，研究成果对管理实践缺乏指导意义。这个问题确实需要重视。管理学是应用型学科,离开实践,意义不大。过去几年我在一些学校作过题为"基于现象的战略管理研究"(Phenomena-Based Strategy Research)的讲座,试图对这个问题作些探讨。2012—2013年在中欧国际工商学院工作时,当时的院长约翰·奎尔奇(John Quelch)博士主张知识创造(knowledge creation)和知识传播(knowledge dissemination)并重。我极为赞同。

造成研究与实践脱节的一个重要原因是激励机制:既然实践类的文章在评职称时不算,教师们自然不愿意去写。可是在纠正这个问题的时候,一不小心就会矫枉过正。这两类文章的投入及价值持久性实在差异太大。如果短平快的文章既有掌声又有职称,谁又愿意埋头去做扎实的研究呢?知识创造要先于知识传播。离开了知识创造,知识传播就会变成无源之水。当然,知识创造与知识传播可以由不同的人去做,专注于知识传播也没有什么不可以。只是,如果你选择了知识传播那条路,请明确标示这个身份,不要把别人的思想包装成自己的原创。

这个问题对于年轻学者尤为重要。你必须沉下心来几年,拿出几篇像样的原创性文章,在本领域有些积累,再走向镁光灯与舞台;否则,繁华过后,留下的只是春逝的伤感,而非累累的硕果。

(2015.8.24)

文中所提的镁光灯的代表：我做客美国全国广播公司财经频道（CNBC）评阿里巴巴

年末欢聚及总结

在这个暖暖的冬日午后，我们系搞了一次小型聚会，庆祝一年的结束及节日的到来。恭喜三个五年级的博士生都找到了心仪的工作，两个三年级的博士生通过了资格考试。其他同学则奋斗在准备资格考试或毕业论文的道路上。要特别感谢研究助理团队（research assistants）及行政助理团队（faculty assistants）。没有他们的帮助，我们无法专注于教学及科研工作。

在过去的两年半里，我担任我们系的领域协调员（area coordinator），工作午餐及小型聚会搞了不少。即使通信技术如此发达，也难以替代面对面的交流。一人一个三明治或沙拉、一瓶饮料，坐下来讨论，没有什么问题不能谈，没有什么问题不能解决。

今天这个场合，开心是唯一的目标。节后，一月初，那才是正儿八经的成果总结与评估。每位教授都要汇报过去三年的成果。每个系里，所有有终身教职的教授（含正教授和副教授）对每位助理教授进行评估，所有正教授对每位副教授进行评估，然后领域协调员代表系里给每人写评估信。这些评估信提交院里的教授晋升委员会（Promotion and Tenure Committee，P&T Committee）。正教授由评估及晋升委员会直接评估。有讲席荣誉称号的正教授（讲席教授）由专门的委员会评估。所有这些评估结果提交给院长，院长凭此决定各位教授明年的薪酬涨幅。

这些程序，看似烦琐，也确实耗时，但是保证了美国私立大学的"教授治校"（faculty governance），把领导的权利放在"笼子里"。我是战略系的领域协调员，以及评估及晋升委员会的成员。明年一二月份，除了教学，大部分时间都会花在这些评估上面。

这些评估有极强的结果导向意味：你过去三年有哪些成果？如果没有成果，很难归因于外在因素。研究伙伴不给力？伙伴是自己找的，没人指派。行业竞争激烈，大气候不好？大家在同一个行业，拼那几个有限的顶级期刊。某种程度上讲，这个行业的游戏规则非常明确及稳定。所以，我对我的学生的忠告是，聚焦，聚焦，聚焦！聚焦于你的本职工作，当你的科研及教学成果出来了，职称、工资等自然会来。没必要想东想西，舍本求末！

（2015.12.10）

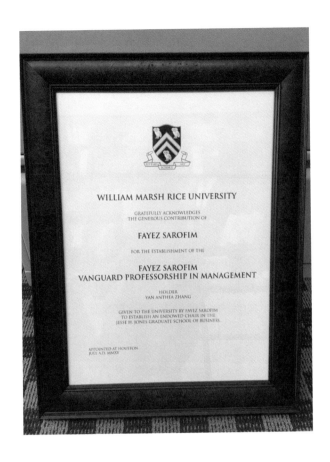

讲席教授的证书：对原创性研究成果的奖励

莱斯村记

偶然看到一个介绍休斯敦的帖子，说"莱斯村"是个有特色的休闲购物地。"莱斯村"？这是什么地方？继而一想，不禁哑然失笑："莱斯村"不就是 Rice Village 的直译吗，尽管我从来没有想过它是个"村子"。

莱斯村在莱斯大学的西边。就购物而言，没有什么奢侈品牌，大多是 Gap、Express 这样的店，以及尚未成名的设计师自己的小店。餐饮更有特色些，有多个国家的风味，基本没有连锁餐饮店。

据说，莱斯大学是村里的大业主。在一次学校发展规划会议上，有关人士介绍说，村里有不少房子属于我们学校，租给别人开餐馆。如果需要，可以收回来，让校园向西扩展。

莱斯村继续向西，是 West University Place（"大学西面那个地方"），简称 West U（"大学西"）。这名字可真是直白。我家就住在那里。大学西属于休斯敦的"城中城"，虽然只有900多栋房屋,却有自己的市长、警察局和消防队。

我的日常生活就在这半径一英里的范围之内。工作在大学里,家住在大学西,从村北的莱斯大道(Rice Boulevard)上班,从村南的大学大道(University Boulevard)回家。饿了去村里吃饭,闷了去校园里的健身房锻炼。

转眼之间,我在莱斯大学已待了15年;感谢美国高校的终身教职制度,如果我乐意,我可以在这儿一直待下去。从入职时的助理教授(assistant professor,2001),到副教授(associate professor,含终身教职,2007)、杰出副教授(distinguished associate professor,2009),到正教授(full professor,2011),直至现在的讲席教授(chair professor,2015),这一路虽然顺利,却也是一步一个脚印。生命是一场自我修行,在这个过程中,慢慢变成更好的自己。我从"张燕"一步步成长为"莱斯大学的张燕"!

在2016年即将来临之际,以林语堂在《我的愿望》中的一句话自勉:"我要有能做我自己的自由,和敢做我自己的胆量!"

(2015.12.25)

莱斯村的希腊餐馆

第二部分

生活旅行篇

澳大利亚的选择

    2011 年及 2014 年我两度游玩澳大利亚，一次去了悉尼与堪培拉，一次去了墨尔本与凯恩斯。不仅迷恋于它的山水，而且对它的独特历史产生了极大的兴趣。与中国作为文明古国不同，澳大利亚 1901 年才立国。因此它没有继承太多的自我标签，却一直在探索对自我的认知：我们到底是谁（Who are we）？

    荷兰人 17 世纪初就来到了澳大利亚的西海岸。100多年后，詹姆斯·库克（James Cook）船长率领英国的船队才来，宣布东海岸为英国的领地。紧接着，英国的囚犯来了，刑满之后也不愿回去；自由民来了，因为这里有土地与工作；羊群来了，草种也来了；随之而来的是英国式的文化和制度。澳大利亚成了英国的海外附属国。基于这种自我认知，他们很长时间之内都执行"白色澳大利亚"（White Australia）政策，限制邻近各亚洲人口大国的移民。

    第一次世界大战爆发，澳大利亚、新西兰自然派兵为英国——他们的母亲国——而战。1915年4月25日,澳新军团(澳大利亚及新西兰联军)与英法军队一起进攻土耳其的加里波利半岛。那一天,澳新军团8 000人阵亡。这是澳大利亚第一次现身国际舞台,第一次尝到血腥的味道。这血腥唤醒了他们独立的自我认知:4月25日从此成了澳新军团日(Anzacs Day),是澳大利亚最重要的纪念日。至第一次世界大战结束,6万名澳大利亚将士丧生战场,15.6万人受伤,那时其总人口还不到500万。

第二次世界大战爆发,日本入侵东亚各国,澳大利亚感受到威胁,但是他们相信英国能保护自己。中国香港沦陷,菲律宾沦陷,连号称"绝不可破"的新加坡防御也沦陷了。下一个会不会是澳大利亚?很显然英国保护不了他们!凯恩斯的海边至今还保留着的钢炮见证了当时的恐慌。关键时刻,美国保护了他们。麦克阿瑟将军看到澳大利亚的战略地位,以其作为美军的太平洋基地,对抗日本。从此,澳大利亚和美国站在了一起。越南战争,尽管国内争议很大,澳大利亚还是出兵协助美国。

最近20年,澳大利亚在经济和贸易上与中国走得很近。矿产、羊毛、奶粉出口到中国;中国已成为其第一大游客来源地;中国留学生在澳大利亚的各个大学随处可见。澳大利亚四大支柱产业——矿业、牧业、旅游及教育——已经与中国紧密联系在一起。在这个新的经济贸易格局中,澳大利亚的自我认知似乎也在寻找新的答案。

2014 年 7 月《澳大利亚日报》(The Australian)的民意调查结果①很有意思。30％的被调查对象觉得 20 年内有可能会和中国发生冲突,但是 47％觉得有可能会和印度尼西亚发生冲突。70％的被调查对象觉得澳大利亚不能防御外国入侵;90％相信如果有战争,美国会保护他们。50 岁以上的人比年轻人更倾向于这样的看法。显然,经历影响认知:年长之人记得第二次世界大战时的恐慌及美国的援助,他们更倾向于相信这段历史会重演。

这就是澳大利亚:传承了英国的文化与制度;与中国做生意;安全防御却依赖美国。在此三者间保持平衡,不容易! 2014 年马来西亚航空公司发生了两次空难,一次虽然没有它的公民却靠近其海域;一次远在乌克兰,它却有 28 位公民遇难。两次空难的处理,澳大利亚都呈现出一个有立场、有担当的大国姿态。赞!

(2014.7.21)

---

① http://omnyapp.com/shows/2a742a43-9d2b-4886-afd0-a21900 8683ac/we-fear-terrorism-more-than-invasion

澳大利亚高空跳伞

再访悉尼

　　澳大利亚之行即将结束，离开凯恩斯，暂停悉尼，明日回美国。

　　三年前在悉尼住了三周，深深爱上了这个城市。当年去悉尼，是想去"寻找尼莫"。尼莫的爸爸——胆小的小丑鱼玛林——千里寻子，从大堡礁历尽艰辛一路找到悉尼。它从水中一抬头，见到的是大名鼎鼎的悉尼歌剧院。那份震撼，绝对超过刘姥姥初进大观园。那份父爱，却又如此令人感动，如父亲对我、我先生对我们的孩子。因此想去悉尼，想去看悉尼歌剧院。

　　到了那儿，一个朋友对我说，"歌剧院其实不大，澳大利亚人把它夸大了"。后来发现，歌剧院确实没有我想象中的大，但是美。她的美不仅仅在于其举世闻名的造型，更因为整体的环境。坐落在一个伸进海港的小半岛上，不远处就是横跨水面的悉尼海港大桥。我试着从多个角度去看歌剧院：万豪酒店房间的窗口，临近的皇家植物园，对岸的泰朗加动物园。最好的还是玛林的角度:乘船进海港,大桥与歌剧院同时扑面而来,一黑一白,一个雄伟一个娇美,相互辉映。大桥勾勒了背景,若无它,歌剧院则不起眼;歌剧院如点睛之笔,若无它,大桥则没有灵魂。

从歌剧院附近的环形码头乘船去曼利(Manly)岛也很有趣。当年白人拓荒者在那里初见土著,觉得他们看起来像人,便命名此地为"Manly"。此航道有一段颇为刺激。Middle Head 和 South Head 两个礁石面对面如钳子般锁住航道,南太平洋的水流灌进来,形成巨浪。绿色的小渡轮左摇右晃,好像随时会翻。船舱内的人一片尖叫,外面的全成了落汤鸡。只有船员乐呵呵地把惊险当乐趣。后来见到几幅油画,以此为题材,不禁莞尔,却还是有疑问:到底有没有渡轮在那儿翻了?

上次我们住了三个地方:中央商务区的海德公园;俯瞰海港的酒店;又在库吉海滩(Coogee Beach)过了几天宁静的日子,陪孩子玩沙子、喂海鸟,还见到了彩虹。虽然同属一个城市,这些地方却都有自己的特点。住下来,逛逛当地的超市,读读当地的历史,品尝当地的酒、咖啡和食物,才能了解一方水土一方人。

这次途经悉尼,只待一天。上午参观歌剧院内部。它的造型过于独特,当年有很多人觉得根本无法建造。预计3年,实际花了16年;预算700万澳元,实际花了1.2亿澳元。通过博彩,补上了亏空。下午有演出,竟然买到了票:克里斯·切应(Chris Cheney)等演唱的披头士的《白色专辑》,现场气氛很热烈。儿子本不愿意去,后来却看得很开心。

再访悉尼,不用去很多地方。轻轻松松地,欣赏它的精彩。就像老朋友,既然相识,就不用每次见面都刨根问底;相视一笑,尽在不言中!

(2014.7.20)

悉尼歌剧院内的剧场

范尔踏雪行

范尔踏雪行之一

放寒假了，到科罗拉多滑雪去。大雪覆盖下的滑雪胜地——范尔（Vail），美得像个童话世界。

一大早，先生和女儿去滑雪了，我把儿子送到滑雪学校。早晨的儿童滑雪学校，不是"忙碌"两个字所能形容的，满地大大小小的孩子、滑雪靴子和滑雪板。送完儿子回来，我回酒店悠悠闲闲地看书。我自己不滑雪，我家的滑雪之旅，我就是"携程"。

午饭后，我穿上滑雪裤、滑雪衣、雪地靴，全部武装好……去踩雪。沿着一条名叫 Gore Greek 的小溪，我信步走来。路边的松树和房屋都覆盖着厚厚的雪。小溪却没有结冰，依旧潺潺流动，溪底的石头清晰可见。突出于水面的石头和树枝上的积雪形状各异。黑水白雪相应，更添静谧。我在这冰雕玉琢的世界里，没目标、没目的地一路闲逛。偶尔有人路过，互相问个好。一只小狗欢快地跑来，它的主人呢？几步开外拐弯处，她正在弯腰捡狗粪。难怪那小狗一脸轻松的样子。

一个小时过后，这条小路到了尽头。我驻足欣赏周边的风景。一座座山峰，虽然不太远，在这纷飞的雪花中，却是虚无缥缈的感觉。滑雪道上的椅子沿着缆线缓缓移动，像一溜甲壳虫。坐在上面的家伙们，一定冻得哆哆嗦嗦。

范尔踏雪行之二

今天继续踏雪，有女儿同行。温馨的母女共处时光。

与昨天一样的路径，却是不同的经历。没去关心谁拣狗粪的问题，我们探讨了 Facebook COO 雪莉·桑德伯格（Sheryl Sandberg）的书《跻身：女性、工作与领导意愿》（*Lean In：Women，Work，and the Will to Lead*）。没去观察积雪的形状，我们参观了一个美术展馆，在范尔公共图书馆还买了两本书（这样就不用还了）。昨天那潺潺的水声和偶尔的鸦鸣，没听见；圣诞歌曲及儿童的嬉笑声却是此伏彼起。总之，昨天的踏雪是出世的，今天的是入世的。各有各的乐趣。

我们每个人都有多个不同的社会角色，下意识地在不同角色之间切换。和谁在一起，很大程度上决定了我们当时的社会角色：我们如何看世界，世界如何看我们。我很羡慕那些自然而然地就把各个角色把握得很有分寸的人。我的每个角色都学得很辛苦，花很长时间才到位。年轻时有点儿愤青，自己很纠结，让身边的人也很累，甚至不愉快（抱歉）！好在经常反省，不断纠偏。年纪见长，则渐入佳境！

出世之行，放逐灵魂，是自我反省的好方法。出世之行，可在山野之间，也可在闹市之中。重要的是独自一人，脱离平常的习惯与路径。我第一次去慕尼黑，去悉尼，都是一个人先去。拿张地图，穿上运动鞋，在这陌生的城市里漫无目的地闲逛。几天后，家人团聚。我儿子那时才三四岁。他那清澈的孩子的眼睛，捕捉到我那细微的变化："妈妈，你看起来不一样了！"

一日三省，那是圣人，对你我凡人则是要求太高。一年一省，做了错事深省，遇到挫折深省，如磨砂成珠，化茧为蝶，我们就能渐渐地变成一个更好的自己！

范尔踏雪行之三

昨天晚餐，孩子们和爸爸打赌，赌我今天去滑雪学校时会在什么时候放弃滑雪这件事：午饭前还是午饭后？结果他们都错了。我坚持到底了？不！我根本就没去！

晚饭后,我们一起坐缆车到山顶上去滑橡皮圈(snow tubing)。从高处看去,范尔山谷就像一艘灯火璀璨的大船,停泊在两边黑黝黝的群山之间。滑橡皮圈没有任何技术含量,连我这样无运动细胞的人都可以玩儿。野百合也有春天,是不是?我头盔、眼罩全部武装好,坐在橡皮圈上,被从雪道高处推下来。风呼呼的,刮得脸有些疼,但是挺好玩儿。橡皮圈中心比较薄,稍微提高臀部,可以避免冰雪刺股之痛。很快孩子们就冻得不行了,扔下橡皮圈,钻进小木屋去喝热巧克力取暖。我拎着橡皮圈上去,滑下来;上去,再下来。野百合遇上春天要好好珍惜。

今天继续我的独自踏雪之行。换了个方向,沿着 Gore Creek 下行。一样的清净,一样的美丽。蓝蓝的天空衬得积雪分外的白。一个一个滑雪的人从山坡上呈 S 形滑下,身后扬起一层薄雪,滑雪杆在空中画出漂亮的弧线。我在山脚边,驻足欣赏,看得心旷神怡。看了一会儿,又一脚深一脚浅地继续我的独自踏雪之行。

随着岁月的流逝,逐渐知道自己是谁,能做什么,不能做什么;不再勉强自己。集中于自己能做的,享受自己正在做的,没有人能够什么都有、什么都行。

(2014.12.22—25)

积雪下的小木屋

西锁岛、落日与海明威故居

　　我们从迈阿密出发，开车去西锁岛。我知道很多人都极度推崇西锁岛，网上的图片也是美到极致。单看地图，就产生了无穷无尽的想象：几十上百的小岛成链状伸进大西洋，我想这一路的行程一定是碧绿的海水在两边荡漾，棕榈树在海风中摇曳。好吧，我是根据迈阿密的景致臆想的。这条路叫美国南一号公路（US S 1），这让我联想起加州沿太平洋的一号公路。那条路景色极美、极壮观，尤其是 17 英里（17 Miles Drive）和大瑟尔（Big Sur）被称为"大海与陆地最美相接处"。总之，未出发，我已经把今天之行标为"一生开车最美行程之一"了。但有一个问题不明白：135 英里为什么要历时 3.5 个小时？

　　结果是，这条路，尽管第一次来，却是异常熟悉，像极了德州的乡镇公路。一路上的小镇看不出什么特色，房子很简陋。虽然离海很近，很多房子和公园面向大海，路上的景观却被房子隔断。有些地方的道路离海太近，中间盖不了房子，也有密密的树确保"春光不外泄"。好在这一路桥很多、很长（有一座桥叫"7英里桥"（7 Miles Bridge），脑补一下吧），桥上盖不了房也种不了树，但终于有机会看见海天一色的美景。这条路很多地方都是单向的，只有一个车道，限速45英里，车还挺多，想超车都不行，只能慢悠悠地晃着。难怪135英里要3.5个小时。我先生称之为"心理落差最大的一条路"（估计我之前已经让他也相信这将是"一生开车最美行程之一"了）。

最初我觉得很奇怪：为什么要把海景隔断？后来想想好像明白了。除了地形和成本的因素，这两条一号公路有不同的使命。加州的一号公路现在基本上是一条"观景路"，内陆的高速路承担了真正的运输功能。而这条路其实是一条"民生路"。沿线各个小镇的供给、农业渔业的产出，甚至飓风来时的撤退，都靠这条路。而它离海平面很近、离海很近，极难养护。这些隔断景观的树应该是用来减轻海风对路的侵蚀的。说到底，看风景不过是吃饱喝足过后的矫情，在民生面前，确实要往后退。

尽管这次自驾离"人生开车最美行程之一"相差甚远，但还是很好玩儿的。爸爸开车，妈妈看路（其实也没什么好看的，就一条路，连分叉都没有），两个孩子在后座吃吃喝喝、自娱自乐，拿苹果手机点歌。那些歌，没有我车上的蓝牙系统，听起来有些单薄，但是配上我们走调的和声，别有一番风味！

在西锁岛度春假，乘喷气式划艇是我儿子的心愿之一。喷气式划艇是一个"跟随式"游戏。领航的人在最前面，其他人等距地一个跟着一个，时速达35—45英里。从高处看，一个"船队"呈一个漂亮的抛物线，飞在白色的浪花上。不足16岁的孩子可以坐在成人后面。我虽然觉得这个很好玩儿，可是也很紧张：如果高速行驶时，孩子抓不牢掉下来怎么办？我儿子都跟我急了："妈妈，你觉得我连基本的常识都没有吗？"好吧，我别说了，找女儿在阴凉的地方下棋去。当父子俩归航时，我只剩下国王和三个兵在女儿基本完整的军队里挣扎。完败！

西锁岛很小，挺适合骑着自行车转转。两个小朋友都要独立自主，便各骑各的；我和先生骑了一辆双人自行车。我们就沿着街道、海边闲逛起来。骑车的人很多，有的地方有自行车道，有的地方没有。没有的时候，汽车、自行车、摩托车、电瓶游览车共享一条窄窄的路，也没人着急（急什么呢）。

在一个小沙滩上，有很多人排队拍照。那儿有个小灯塔，标着"最南端"（Southern Most）。这是美国最南的地方，离古巴只有90英里。

海明威故居处在一个安静的街道上，两层维多利亚式的小木楼和周围的民居没有两样。不同的是其他的房子都围着白色的木栅栏，这个房子围着红色的砖围墙。据说海明威心爱的猫的后代（很多）住在这里。

我当年读《老人与海》，感动于那份深深的孤独感。要怎样的人、怎样的经历，才能写出那样的感觉？今天站在这里，看着这普通的民宅，还是不明白。这样明媚的阳光、湛蓝的天空、碧绿的海水，他怎么会有那样的心情？

骑完车回来，正赶上西锁岛著名的落日。沙滩上、码头上聚集了很多人，大大小小的船只在海湾里游弋，连一群群飞鸟都加入了这黄昏的热闹之中。我们这个海湾对着一个小岛，因此看不见太阳坠入墨西哥湾时的辉煌景象。但是落日的余晖折射到天空中，把一朵朵云照得极其灿烂。

渐渐地，人散了，天暗了。一艘船从水面轻轻滑过，帆从空中缓缓落下，最后一盏灯也灭了。天终于全黑了，海安静得连浪都没有。我慢慢地开始感受到海明威当年的孤独。他就一个人坐在这小码头上，对着乌黑的连浪都没有的海，也许有一杯酒、一支雪茄，也许什么也没有……我站起身，抖抖腿上的沙，走向我的家人。

(2015.3.18)

西锁岛的落日

加州蒙特利，旧地重游忆当年

2014年3月，我们去加州中部的蒙特利半岛度春假。一家四口从旧金山开始，沿着一号公路南下，一路上欢歌笑语，走走停停，自由自在。这是先生和我第三次去蒙特利。

我俩第一次去蒙特利早在1997年。那时我刚到南加州大学读书，先生在香港读书。他去蒙特利开会，我就一起去玩了。我们从洛杉矶乘火车一路向北，那是一条观光线，沿太平洋海岸缓缓而行。时隔多年，还记得夕阳在无边无际的水面上一点一点下落时的绚烂。

那时也没做攻略，也不会开车，就乘公共汽车，骑自行车，步行，到哪儿就算哪儿，没有目的地，也没有计划。在一个咖啡馆歇脚，一个当地的老太太问我们愿不愿意坐她的车去一个有名的地方看看。去就去吧。结果，就见识了大名鼎鼎的17英里。顾名思义，这段路全长17英里，大部分沿着海岸而建。或悬崖峭壁，波涛击岸；或古树参天，绿草茵茵（那里有著名的高尔夫球场：卵石滩高尔夫球场）。美得让你喘不过气来。17英里的象征是孤柏（Lone Cypress），就一棵树，立在悬崖上，百余年，遗世独立，却又坚不可摧！

晚上，途经一个餐厅，好雅致。一进去，就发现来错了地方。那是一个很高雅的法式餐厅，炉火在壁炉里噗噗地跳动，落地窗对着蒙特利海湾的游艇会，一对对衣着优雅的中老年夫妇在安静地享用晚餐。我俩却是运动鞋、牛仔裤，如此不协调，却没有人明显地表露出诧异的神色。侍者把我俩领到一个很好的位置上，食物也很精致，我俩口袋里的100多美元当然也全部贡献出来了。从此，蒙特利在我俩的心里有了特别的地位。

我们再访蒙特利是在2003年，去参加国际商务协会（Academy of International Business）的年会。那时我俩已经毕业和工作，有了第一个孩子。人生虽然有了很多变化，但是心里那点美好的记忆却没变。我们要重访那家餐厅，却不记得它的名字，我只能对酒店的礼宾部说："我记得那里有个壁炉，有个对着海湾的落地窗。"就凭着这点记忆，我们还真的找到了它，也记住了它的名字：Fresh Cream（如此的法式情调！）。

2014年第三次去蒙特利，我们已经年过40，经历过千山万水，去什么样的地方也不再特别激动。不管怎么说，Fresh Cream还是要去的。就在我把去Fresh Cream吃晚餐当作一件理所当然的事时，却被告知：Fresh Cream 关门了。纵然有点儿惆怅，我们还是在蒙特利度过了一个愉快的假期。重访 17 英里，又去了大瑟尔，那里被称为"大海与陆地最美相接处"。在酒店的花园里、壁炉旁，喝了一杯又一杯的加州美酒。

三游蒙特利，是在人生的不同阶段。第一次，尽管自己不觉得青涩，青涩却是清晰地写在脸上。因为如此，才会有年长者伸手相助，才会有种种惊喜。第二次，事业刚开始，有条件、有愿望去实现梦想。第三次，已经很从容，不再执着于什么，开心就好！三游蒙特利，心境不同，所幸风景依旧，同游之人依旧。你和我，一起奋斗，一起去看世界，一起收集我俩共有的记忆。一生有你同游，甚好！

（2015.11.29）

加州的大瑟尔

重回母校南京大学

今年夏天在回美国之前，我突发奇想，带两个娃儿去参观了我生活了七年的母校。住过的四栋宿舍楼一一走过。本科时住的1舍和2舍已在原址上建了新楼，8舍好像加了一层，不复旧貌。只有读硕士时住的18舍还是当年的样子。

现在的女生宿舍是打卡出入。当年没这么高科技，宿舍门旁有一个小房间，里面住着个阿姨，晚上十点半准时关门。很人性化地，门上的六个玻璃格，有一块是空的。我们晚自习回来，把重重的书包和厚厚的字典（通常不止一本字典）先丢进去，然后两手一攀，哧溜一声，就滑进去了。给娃儿们讲，两人觉得犹如天方夜谭。问我："现在你还能爬进去吗？"呵呵，挑战你妈呢？好汉不提当年勇，女汉子亦然！欣然接受岁月的痕迹，珍惜今天的拥有。

我对娃儿们感慨道，你们的生命从这里开始。他俩吓了一跳："你说的是什么意思？"我解释说，我的成年生活从这里开始,你们的生命延续着我的生命,所以这个地方对你们有重要的意义。1988—1995 年,真是很久很久以前了。从那时起,到如今,一步一步走来,挺不容易。不管离开多久,不管走得多远,蓦然回首,母校永远在那里,永远在心里。

(2015.7.26)

南京大学的北大楼

拉斯维加斯与大峡谷

在拉斯维加斯的酒店醒来，儿子说："我们去大峡谷吧。待在酒店里有什么意思呢？"此话深得我心。穿上登山鞋，背上背囊，我们就出发了。

我们决定去大峡谷西端（West Rim），离拉斯维加斯较近——180英里，往返大约五小时。虽然在屏幕上和书本上看过大峡谷很多次，身临其境还是令人震撼。这一段峡谷不可以走下去，我们就乘直升机到谷底。在谷底看又是不一样的感觉。灌溉了南加州、亚利桑那州等几个州的科多拉多河在这里的水量看起来并不大。吸满泥沙的河水，呈现出砖红色。河水看不出在流动，像是静静地躺在谷底，与两岸红色的岩石浑然一色，与湛蓝湛蓝的天空相映生辉。

峡谷岸边稀稀疏疏地长着些沙漠植物，被晒得很干枯，稍微一碰，就断了。至于动物，有时见到鹰在谷口盘旋，全然不见其他动物的影子。就连岩石，在千万年的烈日下,都被晒出裂纹,继而成沙。在这样恶劣的自然环境里,生命是如此渺小,却又如此坚韧。

经过一天的野外活动,我想我会更加珍惜拉斯维加斯的舒适和奢华。吃过自助晚餐(拉斯维加斯旅游的"必修课"),稍加休息,我们便徜徉在南拉斯维加斯大街上,川流不息的人群迎面而来,奇装异服的良家及非良家妇女处处可见,我们很快就返回酒店。这个城市,终究不是我的菜。

(2015.10.12)

大峡谷谷底

│ 莱斯燕语

重游京都

2005 年 12 月，我和先生在东京开会，顺便到京都一游。时间有限，只能乘新干线当天往返。尽管如此，如惊鸿一瞥的京都，还是在我心里留下了深刻印象。十年来，多次想着重游京都，重温金阁寺的辉煌和银阁寺的沧桑。

这次重游京都，得圆旧梦，却有点儿失望。下榻的威斯汀酒店位置很好，就在东山脚下，但是有旅行团住在这里，大堂、餐厅有如集市。昨天游了银阁寺，今天去了金阁寺，从入口到出口，被人群推着，沿着标示出来的主要游览路径，半个小时就游完出来了。

"你在何处"远不及"你在做什么"来得重要。我们把"哲学之道"从头走到了尾，在白沙村庄享受了两个小时的清风微雨。于我的体验而言，金阁寺真金铺设的金顶远不如白沙村庄的柴门茅檐，银阁寺精心设计的禅意庭院比不上"哲学之道"的沙石小径。

不是每一分喜悦都能与别人分享。有一种心境叫孤独。如果再来京都，我愿意一个人，在一个没有特别风景的季节，不看樱花不看枫叶。如果想坐坐，我就坐，不用让地方给别人拍照。如果想走走，我就一直走，不用担心家人是不是饿了、累了。京都的清灵，要用清灵的心去感受。如果有太多世俗的热闹和牵挂，这只不过是另一个好玩儿的地方而已。

（2015.6.28）

日本京都金阁寺

日本京都的哲学之道

坎昆泳池吧的着装标准

　　墨西哥的坎昆是个度假胜地，泳池吧当然不可或缺。我们住的酒店的泳池吧，陆上和水中各有一侧吧台。总是有些人坐在水里的吧台凳上喝酒，好像挺舒服的，但我没试过。

　　一天，我在泳池吧翻看酒单。一页是"含酒精鸡尾酒"，一页是"sin alcohol cocktails"。我猜测后者是"无酒精鸡尾酒"的意思。可是"sin"（罪恶）这个词，让我有点儿疑惑。我问吧台侍者，这些是无酒精鸡尾酒吗？他点点头，转身拿了一杯红红绿绿的饮料给我，解释说这是酒单上没有的无酒精特制品。哥儿们，我还没决定呢，好不好？不过我没说什么，拿起来就走了。

　　晚餐时，我把这当作笑话告诉家人：我还没点呢，为什么就给我无酒精鸡尾酒？我女儿说，"那是因为你穿着连体的泳衣。也许你是这儿唯一一个穿连体泳衣的"。这个解释逗得大家哈哈大笑。事实上，虽然不只我一人穿连体泳衣，但分体的泳衣确实是坎昆泳池边、沙滩上的女士的标准装束。

2015年新科诺贝尔经济学奖得主安格斯·迪顿（Angus Deaton）在《逃离不平等》（*The Great Escape*）中提到一个观点，有点儿意思。在狩猎时代，人们比较平等、愿意分享，是因为没有必要的冷藏措施。设想你捕获了一个大动物，自己吃不完，又无法冷藏，不如分给别人吃。这样，当你没有捕获猎物的时候，别人也会分给你吃。即使在狩猎年代，生活在热带地区的部落也比寒冷地区的部落更平等、更愿意分享，这是因为在寒冷地区，可以自然冷藏食物。

气候对人们现在的行为也有影响。你穿得西装革履，看起来就像个成功人士。你披着皮草、带着"鸽子蛋"，十有八九就是个贵妇。但是，当着装标准简化到连体还是分体泳衣的时候，这些外在的身份地位的标示就不见了。人们变得平等了很多、亲切了很多。

我前不久去埃克森美孚石油公司拜访一位高管。她带我参观健身中心。在一间举重室里，几十个一模一样的器械一字排开，非常符合埃克森美孚石油公司严谨的管理风格。我问她，公司的高管们也来这里锻炼吗？她说，来呀。我说，当大家脱下西装，穿着运动衣裤在一起锻炼时，是不是很有助于打破公司内的层级结构？说完，我俩对着哈哈大笑。

旅途、度假中，很容易遇到平常不会遇到的人。这次在坎昆，我们和一对来自伦敦的老夫妇相谈甚欢。最初是因为我儿子的良好品行引得老夫妇赞不绝口，逐渐就谈了很多。老先生 81 岁了，还在坚持跑马拉松。他已经跑了 460 多次马拉松（别问我全马、半马啊）。从最初的握手，到后来的拥抱分别，很开心，却没有交换联系方式之类的。偶遇是旅行、度假的一道靓丽风景线，不会再重逢，也不必再重逢。

总之，这是一次很愉快的度假经历。我最喜欢的是，在泳池边跳会儿健美操，大汗淋漓地扎进清凉的泳池，游几圈后上来晒太阳。在莱斯的泳池边上，也有这样的活动，但是我总得顾着点儿师道尊严，是不是？在这儿，我知道你是谁？你又知道我是谁？轻轻松松地做个自由的自己，很开心。甚至，借个胆子试一试"非我"，也很好玩儿。

（2015.12.27）

坎昆泳池吧的着装标准 | 163

坎昆的彩虹

小院风情

前日偶读好友晓萍的短文。文中描绘她在西雅图的后院。院中有竹林可散步，有长椅石凳可休息，更有各式花卉待识别。西雅图本是一个浪漫的城市，晓萍又是一个有情趣的人，有此后院，有此情怀，也就自然了。

尽管如此，读完晓萍的短文，我依旧不免神往，想着不如搬去西雅图吧，不如也去买个如此美妙的后院吧。但是又一想，每个人都有自己美妙的后院，或在屋后，或在心中。与其临渊羡鱼，不如退而结网。我推开写不完的文章和改不完的作业，沏一壶茶，夹一本书，来到我的后院。

我住在休斯敦城中，院子自然不大。幸而建屋者很好地设计了这一有限的空间，小院也有些风情。沿着木栅栏是一圈叶叶青，不分春夏秋冬地绿着，也有花圃可添加四季的色彩。小院有木头平台，也有石头小径。小院原有一个小鱼池，几尾金鱼悠闲地摆尾其中。可惜鱼池易招蚊虫，对小孩也不安全，这个秋天终于把它填了，铺上石板和沙子。像日式花园那样，看沙的纹路想象水的流动，用月亮在石上的折光代替月亮在水中的倒影。我在江南念书，自是最爱春日桃花与秋天红叶。于是在院中一角栽了一株桃树。早春时分，一点粉红（桃树尚小，花不茂盛）挂在枝头，一场雨后，尽落泥中。院中还有两棵树，一棵是枇杷，另一棵还是枇杷。两棵枇杷树很是茂盛，遮住休斯敦的骄阳，给小院带来斑斑疏影。记得前年搬来时，松鼠吃光了所有的青果子，两棵枇杷树没有一粒果子长到成熟时。去年松鼠似乎对枇杷失去了兴趣（是不是因为我们挂在树上的鸟巢里的食物更好吃？），金黄的枇杷果挂满枝头。今天上午，我一进后院，一阵暗香隐隐袭来，仔细一找，枇杷枝头开了许多白色的小花，更有蜜蜂飞舞其中。我惭愧住此两年半，竟从未知此花此香。今日若不是因晓萍的文章来到小院，我岂不是又要辜负此花此香一年？

可见，每个人的美妙小院，非在屋后，实在心中。若有心情，一棵树，一枝花，一阵风，一篇短文，都是我们的后院。还记得少年时读鲁迅的《从百草园到三味书屋》吗？何等的精彩！何等的好玩！今年夏天有幸一游。却发现那实在只是个普通的甚至无趣的园子。鲁迅错了吗？我们都上当了吗？没有！我们读的是鲁迅心中的百草园，我们喜欢的是鲁迅的童年趣事，鲁迅的百草园因此就成了我们心中的百草园。没有鲁迅的童年趣事，百草园只是个无趣的园子。同样，若晓萍不是一个有情趣的人，她的后院也只是个有些不知名杂木的园子。就连我的小院,若不驻足欣赏,又怎知它可爱的地方? 总之,人生太短,又有挣不完的钱、做不完的事,既然完不成,不如放缓脚步,欣赏欣赏自己的后院吧!

(2007.11.20)

我的美妙小院

我想随心所欲

——读晓萍的新书有感

如果有人问：你想不想随心所欲？大多数人会说：当然想！那么，是什么阻止了我们随心所欲？没钱？没时间？很多时候，是我们自己，没心情！人生如爬坡，新的目标一个接着一个，却忘了驻足欣赏路边及身后的风景。记得去年登华山，手足并用，一心往前，蓦然回首，看来时路——苍龙岭——确如一条龙横在空中，当时的震撼，记忆犹新。心中装满了目标、计划，自然没了空间去随心所欲。与晓萍相识多年，一直喜欢她的爽直及有趣（学问做得好更不用说了）。记得她的手提包中一直放着个相机（现在该用苹果手机了吧），随时拍下身边美丽的风景。她家后院的竹林、华盛顿大学校园的樱花，以及西雅图郊区的郁金香，我都有幸借她的视角欣赏过。晓萍不仅学术上著作等身，还用她的笔记下了身边的事情、日常的感悟，如人生拾贝，集成这本书。有晓萍这样的知己，是一件很幸福的事。见面时谈天说地，开怀大笑；远离时还可以通过她的摄影作品、她的书，来感受她的人生智慧。斟杯红酒，推开门，来到我斑斑疏影的小院，读书。随我心，无他欲！

（2014.8.10）

身边的风景

我想随心所欲 | 171

有一天，当亲人逐渐远去

当父母年纪渐长，身体日趋虚弱，终于意识到，有一天，他们终将离我而去。每当这个念头升起，眼泪总是忍不住夺眶而出。不愿沉浸在这样的悲情里，只能转移注意力，忙忙工作，带带孩子，看看身边的花花草草。于是，一天，明快的一天就过去了。尽管如此，在内心深处，总是有一根紧绷的弦、一种隐忍的痛，因为那一天总归要来临。

因为自己在担心这样的事，就发现周围的朋友、同事也在经历或担心类似的事情。

几天前，一位同事的岳父去世。我俩今天在电话里讨论了很长时间。他说他岳父的去世对他的太太而言当然是一种痛，但是他们的宗教信仰却有助于减轻这种痛苦。在他们的宗教信仰里，婚姻是永生的（eternity），家庭是永生的。因此，亲人离世，并不意味着从此不再相见，只是此生不再相见。

我很羡慕那些有这样的信仰的人。对他们而言，死亡之后不是绝对的空无,而是进入生命的另一个阶段。有这样的信仰,死亡应该没有那么可怕,送别亲人应该没有那么悲伤。

虽然羡慕,我却无法毫无保留地接受这样的信仰。因为不信有来生,所以更加珍惜今世的精彩。即便是今世,终将是独自来、独自走,所以才分外感谢有父母、配偶、孩子在生命的不同阶段与我同行。永远爱你们!

(2016.4.6)

生命的坚强：亚利桑那州沙漠里的仙人掌，大概有两百岁了

莱斯燕语

熨斗来了

所有的家务活中，我最烦的莫过于熨衣服。生命如此短暂，岂能熨斗相伴？比较之下，差酒相伴都要好一些。*这些年来，先生对熨西服、衬衫之类的需求，都被我转交给了干洗店。

有一次和我儿子同学的妈妈聊天。她问我熨衣服吗？听到我否定的回答，她如释重负。她的先生是外科医生，兼医学院的系主任，整天西装革履。她想把她先生的衬衫送干洗店，却又有负疚感。她童年最深刻的印象，就是她妈妈一边看电视上的肥皂剧，一边熨衣服。这姐儿们加州大学伯克利分校硕士毕业，在美国国家航空航天局工作多年。40岁辞职回家生孩子，如今已经50岁出头。她这童年记忆该是多么深刻啊，至今还为不熨衣服而内疚。想一想我妈当年是缝纫、熨衣、做饭……十项全能。我怎么就

---

* 知名作家柯利弗·哈基姆曾说过，人生苦短，岂能差酒相伴？

没继承一些呢？

我们家现在有了新诉求：女儿也要求熨衣服了。有一天她把楼上楼下翻了个遍，坚持说在家里见过熨斗。我们家确实曾经有过熨斗，只不过被我扔了。这个诉求难以忽视，我立刻上网下订单。这不，一个强有力的熨斗和一个巨大无比的熨板都送到了。谁想用，谁用啊！反正不是我！

与其熨衣，不如喝茶

2015 年感恩节聚会前记

感恩节快乐！又到一年一度聚会时。幸亏感恩节聚会一年只有一次，否则的话，我那年年都一样的菜单（火鸡，火腿）实在是很枯燥无趣。我办聚会的原则，一要屋子舒适整齐，二要鲜花摆放宜人，三要酒水供应充足；至于吃什么，倒是次要的。这是不是有本末倒置的嫌疑？

今年的聚会其实有点儿不同。我们系第一届的三个博士生都在节前找到了心仪的工作，这将是他们在我家度过的最后一个感恩节聚会。五年寒窗（＋若干聚会），终成正果，我很替他们开心，却还是有点儿伤感。

这三人中的两个小姑娘，这些年来不仅在我家参加聚会，并且和我一起准备聚会。据说，其中一位小姑娘的妈妈听说以后，长舒一口气："这样我就放心了！"家有女博士生的父母原来是如此担心啊！

事实上,这些年来我们系访问的中国访问学者、学生中,女生们对我家的厨房都很熟悉。男生们就只有吃的份了(可惜啊可惜)。为了这些小姑娘们有灭绝师太的功夫,却非灭绝师太的生活,我也是拼了!

(2015.11.26)

我们系的中国博士生及来自中国的访问学者（学生）在我家聚会

第三部分

子女培养篇

和孩子们一起成长

我家有一女一儿，女儿高中，儿子小学。两个孩子不仅性别、年龄不同，性格、爱好也迥异。陪伴他们一起成长，是我的人生幸事。

看着这两个亲姐弟如此不同，觉得很有意思。只能感慨，每个孩子其实生来都是一件独特的"作品"，很多时候是后天的教育和影响泯灭了个性，使得众生一色。

陪着孩子们一起成长，也让我思索，在孩子的成长过程中，父母是什么样的角色。在我看来，有两点（两个 A）值得强调：Accompany（陪伴）和 Allow to fail（容许失败）。

Accompany（陪伴）

父母对孩子所能做的事情中，最重要的大概就是陪伴了。在父母的陪伴下长大的孩子，更有安全感，也更自信。我身边的很多家庭，夫妻俩年轻时都工作，一旦有了孩子，有一方就辞职回家。回家的当然是妈妈居多，但爸爸也有。

有一位朋友是一位事业有成的律师,她的女儿和我的女儿是小学同学,还有一个儿子小一些。她说:"等我晚上八点钟到家,虽然保姆还在,孩子们却是满屋乱跑,晚饭没吃,家庭作业也没做。"于是,这姐儿们40岁就退休回家了。全职带两个孩子可能不足以发挥这位女律师的才能(参考美剧《傲骨贤妻》里的艾丽西娅),于是她闲着无聊又生了个老三。

陪伴孩子当然不一定要父母中的一个辞职回家。我们夫妻俩就一直都在工作。陪伴孩子体现在日常生活的许多方面:陪着孩子做作业、读书、搭乐高积木,一起去运动、旅行都可以。

陪伴孩子,不是一件容易的事,即使父母的时间不是问题。这是因为有时候,特别是青春期的时候,孩子确实很难缠。

女儿上初中后的第一次家长会上,那位历史老师的话至今犹在耳畔。那位男老师,超过一米八,中年,穿着一条如马戏团小丑那样的七彩方格裤(我真的没有夸张)。为何几年后我还记得这么清楚?因为我从来就没有见过其他穿七彩方格裤的中年男士,或者穿七彩方格裤的中学老师,更别提这二者的交集了。

这位老师说:"我想提醒女同学的爸爸。在这几年里你如何对待你的女儿,将会影响她的一生!"他继而对学生们说:"这几年你要努力做到的是,让你的父母喜欢你(like you)。爱你(love you)倒不是个问题,他们终归是爱你的;但是否喜欢你就难说了。"

像很多家庭一样,在女儿的青春期时,我俩的关系很紧张,动则剑拔弩张。我很感激我先生那几年对女儿和我的容忍及调解。女儿很快就总结出规律来了:"智力支持(intellectual support),找妈妈;情感支持(emotional support)和财务支持(financial support),找爸爸!"我俩现在的关系融洽多了,经常一起去健身、逛街、阅读及评论对方的文章。

陪伴孩子,是我们能给孩子最好的礼物,也是孩子能给我们最好的礼物!

Allow to fail(容许失败)

今年年初,儿子在奥斯丁第一次参加击剑比赛。在一场淘汰赛中,他先是大比分领先,后来却被对手"一路追杀",最终落败出局。赛后,他委屈得痛哭流涕。我私下里对先生说:"我很高兴他输了,而不是赢了。"

两周后,他在休斯敦参赛。一开始表现得不错,可是很快就遇上了一个左撇子对手。左撇子在击剑比赛中有优势,因为通常是右撇子和右撇子对攻,一旦遇上个左撇子,就不知道剑指何处了。毫无悬念地,儿子又输了。只不过,这一次他输得心平气和。

人生是没有常胜将军的。没有人能够在所有的事情上一直成功,因此"学会接受失败"是人生的必修课。我们会对刚入学的博士生们说:"走学术之路,心脏要强大、脸皮要厚。这是因为你收到拒稿信的次数,要比收到接受函的次数,多得多。"

对孩子而言,从小学会如何接受失败尤其重要。我们经常听到这样的故事:某个小神童,几岁就能干什么、几岁就得了什么奖……然后遇上了一个挫折,就崩溃了。

孩子在成长的过程中如果过于一帆风顺,会变得输不起。一旦遇到挫折,他们会将自己整个人全盘否定,而不是认识到在这件具体的事上,自己做得不够好。

鲜花和镁光灯来得太早的孩子,也会变得不敢冒险、不敢尝试新的东西。因为冒险、试新会出错,不符合"成功孩子"这个高大形象。

参加体育活动的意义是什么呢?强身健体固然重要,集体运动还可以培养孩子的团队精神和领导能力。在我看来,体育运动对孩子们的挫折训练非常有效。刚开始,总归是输多赢少;即使水平提高了,还是会输;输多了,自然就知道如何对待失败了。

赢了固然好,输了也没什么,继续努力呗。这样的接受失败的态度和能力,可以培育于体育,运用于事业,推广至人生。

一个孩子,一旦呱呱落地,就是一个独立的存在。尽管我们给予了孩子生命,但并不意味着我们应该或者可以掌控孩子的生活。

孩子,你慢慢地来,探索你的兴趣、你的人生。即使犯错,也不要紧,可以从头再来。

（2016.4.9）

孩子们在日本奈良喂小鹿

选择的权利

这标题挺严肃吧？其实是有关一件小事。

这几天准备粉刷孩子们的房间。先生不在家，就由我来负责了。通常这样安排的结果就是，我要么把他想得很复杂的事情做得很简单，要么把他想得很简单的事情做得很复杂。不折不扣地、全盘执行领导意图的时候基本没有。这也是没办法的事儿：我俩的思路经常不在同一个频道上。

这一回，我是把简单的事情办得复杂了。先生走的时候给出的指示是，所有的房间都刷成米白色，好看又一致。我想，那是多么单调而无趣啊！我请油漆师傅从涂料专卖店拿了一本颜色样本册，然后就和两个孩子商量颜色选择。

谁知道，娃儿们的画风突变，弄得我措手不及。女儿选了"Uncertain Gray"。这和她房间原来浅浅的绿色也相差太远了吧。不过，这个颜色的名字倒是准确地描绘出我的心情：我对这个灰色（Gray）很不确定（Uncertain）。

儿子彻底地放弃他对蓝色的偏好，跳到绿色系列去了。他选的是"Electric Lime"，遭到我的质疑。他问我为什么质疑。我说你看看这个名字："Electric Lime"（电力柠檬）！你一进屋还不是抽胳膊抽腿地乱蹦，哪能睡觉啊！儿子被我的描绘逗得哈哈大笑，却给了一通他的理由。他的理由包括，他的生命石是祖母绿；他的同学、朋友们都知道绿色是他的象征；他还把游戏《我的世界》（Minecraft）上他的房子漆成绿色了（那个绿能亮瞎眼睛）。我问："这就是你这一阵子几乎天天都穿这件绿上衣的原因吗？"他说，"是啊！这多好！我即使把衣服丢在游戏场、图书馆里，大家都知道那是我的衣服，会帮我拿回来"。

我给了孩子们选择的自由，却又不尽同意他们选择的结果。那个纠结啊！这两天把颜色本放在车里，送他们上学、接他们回家的路上，都要求（准确地说，是请求）他们再看看，别后悔。两个小朋友一致的意见是，选好了，不看了！我说，"爸爸回来，看见这'不确定的灰色'和'电力柠檬'，一定会埋怨我没听他的指导意见"。这一来，孩子们更乐了，是那种有机会"干坏事"的乐："没关系的，等他回来，房间都粉刷好了。他不在家，在这个问题上没有发言权。"

民主与效率常常背道而驰。持家、治国都是如此。尽管会损失一定的效率，民主的选择依然有其重要的意义。

一方面,民主的选择增加了多样性。我们家不再只有"米白色",还有"不确定的灰色"和"电力柠檬"。这种多样性会使得一个家庭、一个社会更有活力,更为有趣。另一方面,民主的选择增强了作选择者的认同感和责任心。我的房间(人生)我做主！我们选择一个东西(事情),是因为我们喜欢。同样,我们喜欢一个东西(事情),是因为那是我们的选择。

孩子们选择房间的颜色,即使选得不合适,又有什么成本、什么风险呢？大不了把墙再刷一遍。而孩子们的自我意识、对选择权的要求和尊重,却是无价的。

(2016.4.15)

"不确定的灰色"　　　　　　　　　　"电力柠檬"

我
的
房
间
我
做
主

美国中小学教育观察

　　我家有一女一儿,女儿高中,儿子小学。我陪着他们一起成长,因而有机会对美国的中小学教育有点儿了解。在这里谈谈我的观察。需要指出的是,这只是我的个人观察和体会,而非对美国中小学教育的客观描绘。并且,我的两个孩子读书的这两所学校是私立学校,与公立学校也会有所不同。事实上,即便是这两所学校之间,差异也很大。女儿的学校是一所传统式的学校,非常重视学生的学术训练。儿子的学校是一所蒙台梭利学校[*],更强调启发式教育。尽管学校风格不同,我对这两所学校却都很喜欢,这与以下几点密切相关。

对教学设施的大手笔投入

　　儿子从三岁上学前班开始,一直到今年小学毕业都在

---

　　*　以意大利女性教育家玛丽亚·蒙台梭利的"蒙氏教育法"为教学理念的学校。

同一所学校。在申请面试时,我问了接待者一个很简单的问题,但答案却不简单。我问:"学校有哪些适合这个年龄段的孩子(儿子那时两岁多)的玩具?"她说:"我们学校没有玩具,但是有各式各样的学习用具。"

这位老师的回答真的没有夸张,这所学校的教室的设计很有吸引力和启发性,非常适合幼儿、少儿教育。譬如,用各种各样的珠子、长短不一的木条来演绎十进位、百进位。用老师们从各个地方收集来的石头来解释地质的形成与区别。孩子们根据自己的兴趣和进度,在老师的指导下逐步选择学习内容。每个教室的布置都不一样,每个教室却又都活泼有趣。

女儿六年级来到她现在的这所学校上初中和高中①。第一次开家长会,我就惊讶于教室的设施。那个时候,教室里用的就是触屏白板。我心想,这可比我们的 EMBA 教室还先进。这所学校最近在引进一种新的教室设计模式。女儿在她的《创新型教室:放飞学生的想象力》一文中对此有生动的描绘。② 从这篇文章可以看到,这所学校一直在追踪最新的技术和教育趋势,向其他学校学习,以保持在教学设施上的先进性。除了课堂教学,学校还在尝试其他的教学方法,并且鼓励学生们对这些教学方法的有

---

① 美国初中三年(六至八年级),高中四年(九至十二年级)。

② 详见本书后一篇文章《女儿的文章:一个美国中学生眼中的学校生活》,后同。

效性展开辩论。女儿在她的《课外实践考察：是个有效的学习方式吗？》一文中对此进行了有趣的讨论并提出了建议。

对学生个人的关注

对我来说，私立学校最重要的好处是对学生个人的关注，教学质量及大学升学率倒在其次。在初中时，有一天女儿回家，跟我说，今天一位女老师拿着尺子到餐厅去了。我一听，有戏。拿尺子干什么？不可能打手心吧。原来啊，老师说，"女生们，我要量量你们的制服裙摆离膝盖的距离，如果超过3英寸，我就把你们送回家去"。她的话音刚落，一些女生，尤其是高中女生，赶快就把裙摆往下拉了拉。我听了，很好笑，也很放心，看样子学校管得够严，不仅管学习，还管衣着。

在好的公立高中里，教学质量很好，优秀的学生真是非常优秀，也可以去很好的大学。可是，公立高中一般都比较大。譬如，我家附近的布莱尔高中（Bellaire High School）就是所很好的高中，但是高中四个年级有四千多人。在这样的学校里，好学生才可能获得老师的注意。

私立学校一般来讲规模较小，况且是交学费的，因此每个孩子都可以获得足够的关注。在女儿的学校，从高一入学开始，十几个学生编在一个小组，有一个指导老师。这些孩子各自选课，并不一定在一起上课，但是每天早上的第一件事就是在指导老师的办公室里碰面。哪个学生没来，半个小时之内就有电子邮件来询问家长。这个小组的成员及指导老师高中四年都不变，形成了非常紧密的、互相支持的同学圈子，指导老师对每个孩子都非常了解。这个小组就是孩子在学校的"根据地"。大学申请指导老师（college counselors）是另外一个例子。在女儿的学校，每年的毕业年级有大约 150 个学生，大学申请指导老师有七八个。每人指导 20 个左右的学生，对每个学生都可以提供很有针对性的建议。

对体育教育的重视

美国的学校，尤其是高中，对体育非常重视。女儿写的《一名乒乓球选手的奋斗之路》和《高中男排遭遇滑铁卢》这两篇文章，对此有很生动的描绘。体育在学校生活中的意义是多方面的。像文中李安娜（化名）那样，在乒乓球方面成为专业选手，可以参加青奥会，甚至奥运会，那当然是了不起的成绩。不过像这样的学生还是挺少的，大多数学生在体育运动方面还停留在业余爱好的水平上。

不得不佩服的是，孩子们在体育运动中表现出来的坚韧不拔的精神。好几次，女儿及队友们在大雨中坚持足球比赛。在小雨中训练更是家常便饭，每次训练回家都像个泥猴子似的。更有挑战性的是越野赛（cross-country running）。每周几个早晨到校训练，跑完了以后把双腿过膝浸在冰水里恢复。女孩子在生理期也是如此。对这样的训练方法,中国家长一般是摇头、皱眉,却又不得不入乡随俗。这样训练出来的孩子,身体、毅力都是杠杠的。

体育运动还有利于培养孩子们的团队精神及应对挫折的能力。女儿在《高中男排遭遇滑铁卢》一文中提到,在球队输球落后的情况下,队长们仍然鼓励队友,告诉他们不要放弃,他们仍然有机会赢得比赛。即使最终输了比赛,一名队员是这样说的:"我们的队伍很强大,而且我们在这个赛季已经表现得很好了。我们不会以一场输掉的比赛来衡量我们的队伍是否成功。我对于我们的队伍在这个赛季中的总体表现感到十分开心。"这种百折不挠、乐观向上的精神是非常重要的。人生哪有常胜将军?做事情最重要的就是尽力;即使失败,还可以从头再来。

除了成绩,还有诗与远方

成绩是否重要?当然重要。事实上,不仅升学考试(SAT,俗称"美国高考")的成绩重要,整个高中四年的成绩都重要,都会包括在大学申请材料里。可是,成绩不是唯一重要的东西。

更重要的是孩子们能力的培养。《教师的女儿卖曲奇饼卖出了新高度》一文中写到,女儿她们采访了几位老师。在他们看来,销售女童子军曲奇饼绝对不仅仅是卖曲奇饼,而是孩子们人生中的重要一课,可以培养他们的领导力和责任心,赋予他们自主权,激发他们的领导力,并且学会确立目标。孩子们还需要友谊,需要玩并且玩得开心。《嫉妒在情人节的花束中蔓延》一文描绘了那些上高中的少男少女们在情人节前后的纠结心情。

同样重要的是,要鼓励孩子们进行自我探索:"我是谁? 我想成为什么样的人?"人生的目标应该由个体的心与力去决定,而不是由父母或者社会的期望去决定。在《为高中毕业后的"间隔年"正名》一文中,女儿提到,王丽娜和莫卡多在高中毕业后,没有直接去上大学,而是选择了间隔年。王丽娜这么做,是因为她对自己的未来不确定。尽管成为一名律师是个金饭碗,可那是她所想要的吗? 既然不知道,还不如暂停一下,想想人生、谈谈理想,再作决定。莫卡多利用这个间隔年,跟随"乡村通道"(Rustic Pathways)的项目小组走遍了秘鲁,参观了马丘比丘和亚马逊雨林。他们必须在有蚊子、黄蜂和水蟒的恶劣环境中万分小心,却又愿意在一个小村庄里作短暂的停留,给当地的村民们建了一个饮用水水箱。

谁来为优质教育买单?

优质的教育谁都想要,可是谁来买单? 简单地说,学生的父母买单。不同于公立学校有本学区房产税的支持,私立学校的主要收入来源是学费。但是,这个问题又不是那么简单的。

在女儿的学校，每个学生每年所花的成本是高于学费的。另外，并不是每个学生都交全额的学费。一些学生在体育或学习上非常优秀，其家庭却不能承担私立学校的学费。有些私立学校会录取一些这样的学生并减免其学费。此外，学校有时候还需要投资一些高成本的大项目，包括买地扩大校园、盖新教学楼，等等。《创新型教室：放飞学生的想象力》一文中提到的新型教室就是一个例子。这样的教室花费不菲，目前全校只有七个，希望将来能有更多。

那么，学校日常运营上的成本缺口和大项目投资的资金如何解决呢？由捐赠来解决。关于美国的捐赠文化，我在《从小扎捐款谈美国的捐赠文化》一文中讨论过。学校的潜在捐赠者不仅仅是在校学生的父母以及事业有成的校友，学生们的祖父母们可能也是多金又大方的。很多学校每年有祖父母参观日（Grandparent Day），这不仅是让祖父母们有机会参与学校的活动，募捐也是一个重要的动因。

父母大多是爱孩子的，希望给他们的人生一个好的起点。爱他们、陪伴他们、给他们最好的教育，这是父母留给孩子的最好的礼物，比留给他们房产、钱财好太多了。

（2016.4.16）

高中女子组足球赛在冬雨中继续

女儿的文章:一个美国中学生眼中的学校生活

这里附上我的女儿李子檀(Sophia Li)所写的七篇文章。她在美国德州休斯敦市的圣约翰学校(St. John's School)读书,现在是高三。她是她们学校的校报 *The Review* 的记者和编辑。这些文章的英文原稿刊登在校报上,从一名在读高中生的角度描绘了美国的高中生活。此处是翻译文章,从中可以管中窥豹,了解美国中学生学习和生活的一个侧面。

创新型教室:放飞学生的想象力

某一天,灵活的旋转椅和四面的玻璃墙也许会成为教室的标配。但是现在,我们的教室还是试图在保留传统模式和激发学生的创造力之间找到一个平衡点。

这个新的教室设计理念开始于亚特兰大市。2015年1月15日，圣约翰学校课时安排委员会的两位成员在亚特兰大进行了为期两天的访问，参观了当地的三所高中。这两位成员是圣约翰学校高中部的主任安槿离和历史老师埃莉诺·坎农。他们参观了洛维特（Lovett）学校、威斯敏斯特（Westminster）学校和步伐（Pace）学校。洛维特学校和圣约翰学校颇有渊源。它现任的高中部主任丹·阿利伽曾是圣约翰学校的学生事务部主任兼英语教学部主任。

坎农老师评价道，"这些学校和圣约翰学校非常相像。它们都有非常优秀的学生，学生的大学录取去处非常好。但是在某种程度上，它们又都是很传统的学校。从威斯敏斯特学校开始，这些学校对它们的课时安排陆续都作了很大的改变。我们想看看这些改变的结果是什么样的"。

在参观洛维特学校时，这两位老师发现了一种新颖的、与传统风格完全不同的教室设计。

坎农老师描绘道，"这些教室太棒了！四面都是玻璃墙，配有各种各样的家具。老师想教好一节60—80分钟的课程其实很不容易，需要有丰富的创造力。看到这些老师和学生们如何利用这些教室空间，我们很受启发"。

洛维特学校的创新型教室项目始于2011年的夏天，

由它的战略创新总监劳拉·黛斯莉指导。第一间示范教室有个很好听的名字,叫做"故事工作室"(Story Studio),启用于 2012 年的美术课。

两天的参观结束后,这两位老师就开始思考如何把这种创新型教室的设计理念引入圣约翰学校。

坎农老师说:"当我们坐上飞往休斯敦的飞机时,安槿离已经想把这个创新型教室的设计理念引入我们学校。我在想,'我一定要有这么一间教室。'"

对此感兴趣的老师向安槿离、学校的科技总监杰夫·里特以及教学科技总监洛丽·麦康奈尔提交建议,阐述如何利用这种创新型的教室来改进教学效果。

坎农老师对这种新型教室非常感兴趣。他说:"我教的历史课的内容,大家都可以在其他渠道找到答案。尤其是美国历史,学生们在初中就已经学过了。我的愿景是,这种新型教室设计不仅能解放学生,也能解放老师,我们可以进行更深入的挖掘及研究。"

那些分到新型教室的老师们可没闲着,他们要和设计师商量教室设计的细节,还要和家具商讨论,为教室挑选合适的家具。

安槿离说,"那些参与这个新项目的老师,大多是 X 世代人,而不是 Y 世代人。他们大多 40 多岁甚至更大。他们都是有名望的老师,本可以保持现状,但是却在他们职业生涯的中途选择变革"。

安槿离希望这个改变能鼓励学生们承担更多的风险，而不是遵循传统的范式。

安槿离说，"在圣约翰学校，有对完美主义的痴迷。许多人有很高的理想，梦想着能取得一定的成就。不仅仅是学生们追求完美，教师和管理人员也同样如此。要打破这种（追求完美、担心失败的）传统，最好的办法就是让这七名教师成为最先吃螃蟹的人"。

大多数老师都支持这种新型的教室设计。

坎农说："改变最大的是心态。以前在我的教室里，总是觉得'这就是我的教室'。我的物品占据了教室墙面的每一个角落，譬如地图、长曲棍球球杆以及我的母校杜克大学的纪念品。这个新教室是'我们'的空间。我不再是唯一的知识施予者，不再站在讲台上扮演'舞台上的圣人'。学生们和我在这个属于我们的'共同空间'里一起工作。"

课程安排总监德怀特·劳尔斯顿最初对于新型教室是否会影响他和他的学生们表示怀疑，但他的立场很快发生了变化。

劳尔斯顿说："学生们喜欢新型教室的布置。他们不用挪移桌椅和背囊，就很容易组成工作小组。我的教学目标也变得更加容易实现：当我不确定该如何做时，我就尝试一些新的教学方法。"

英语老师金伯利·艾伦对这个新型教室设计赞不绝

口。她说，"我可以更快、更方便地回应学生们的问题。所有的墙面都是用玻璃做的，都可以写字。学生们无需再等我擦黑板；这面墙写满了，我就在另一面墙上写。哪个学生看不见，他直接把椅子移过来就可以了"。

学生们对新型教室的反响也非常热烈。高三学生维克多·斯拉沃夫说，"创新教室极大地改变了学生对于课堂的感受。我们不再觉得是被老师困在教室里。特别是四面玻璃墙的设计，给予我们很多的机会去表达我们内在的创造力"。

这些积极的回应让委员会很受鼓励。安槿离说："有一天，我听到一个学生说，他在教室里，却并不觉得自己是在学校。最棒的是，创新型教室是那么有趣、那么有启发性，它使你忘却了自己是在工作。"

不过，是不是用"创新教室"这个名称，仍值得讨论。

安槿离说，"委员会并不想用'创新教室'这个名称。创新的含义很广泛，可以是旧法新用，可以是改良传统。我们还没有确定具体的名称，以后也许还会有变化。谁知道呢？也许过几年，这些根本就不算'创新'，就是普通教室而已"。

洛维特学校每年让老师们轮流使用那几间示范教室。安槿离希望在圣约翰学校，教室安排可以相对稳定。他很乐观，相信学校将来可以有更多这样的教室。他说："学校不可能一直向高中部砸钱。但我还是希望创新型教室的数量能逐渐增多。老师们已经在询问他们明年是否能给教室买新的家具了。或许,将来的创新教室和现有的也不一样。我们都需要怀揣梦想,万一实现了呢?"

（英文原文于 2015 年 9 月 30 日发表在圣约翰学校的校报 *The Review* 上）

圣约翰学校的学生餐厅

课外实践考察：是个有效的学习方式吗？

课外实践考察（field study）经常被认为是体验式学习的灵丹妙药，可以让学生们在实践中去见识和运用书本上所学到的知识。但在我看来，课外实践考察或许是弊大于利。

课外实践考察占用了重要的课堂时间，但是所带来的学习效果可能却微乎其微。参观博物馆三个小时，你能学到什么？你又没有时间去全身心地投入这种学习中，只能匆匆地瞥一眼展品，潦草地记下一些笔记，然后无精打采地离开。

但是错过学校的半天课程却是有代价的。你错过了老师讲课的时间，错过了做实验的时间。另外，第二天就要交的物理作业怎么办？你缺了课，没有课堂笔记，连如何计算摩擦力都不知道。

如果因为缺课而推迟考试，就更糟了。这会让你对课程的具体内容记忆不清，从而在考试中发挥欠佳。当你没有时间学习、没有完成作业时，你很有可能在周日的晚上发现自己有 99 个问题，却一个也解决不了。

如果一个年级的所有同学一起参加一个课外实践考察活动，那就更麻烦了。因为你需要与 100 多个同龄人挤在一起,能学到的东西就更少了。今年,预先安排好的去华盛顿特区的游学活动被取消了,许多七年级的学生对此感到很沮丧。课外实践考察、去外地游学固然好玩儿,但是真的能对学习有所帮助吗?

参观纪念碑和博物馆当然可能会有所收获,但是这种参观,却不是和我的父母在一起、有条有理地参观。我要和 120 个同龄人挤在一起,这样的参观活动只会带来喧嚣的对话和同伴间的嬉戏打闹。一大群未成年人聚集在一起,事情很容易变得不可控,变成“暴力性”而非教育性。大家还记得吧,2015 级的学生去华盛顿特区参观游学,结果被赶出了联邦最高法院(不好意思了吧!)。

参观考察的收益比较模糊,相比之下,课堂上的授课内容却更为具体。当然会有一些学生的确在参观考察中受益,但是大多数学生并不关心这些,他们只是想找个正当的理由翘课而已。

尽管我同意参观考察可以对学生的课堂学习起到有效的补充作用,但如果组织不当,学生们也就只能把这个当作玩手机、聊天的机会,而非关注它所预期的学习目标。

以下是我对改善课外实践考察活动的三点建议:

第一,减少人数。如果 100 多个人挤在一个屋里,是学不到什么知识的。把他们分成小一些的小组,让他们去完成不同的任务,然后再在不同的小组和任务之间轮转。

第二,提高互动性。去动物园、参加一个生物考察之旅固然很有趣,但是如果能够去到幕后、与动物园的管理员直接交谈,并且学习每个动物的背景故事,岂不是更棒? 如果是这样,我就很想参加了。

第三,选取合适的时间。为什么学生们被允许错过一个半小时的物理考试或历史小测验,去参加实践考察,但是却不能为实践考察而错过合唱团或体育活动的训练? 我不是想宣扬书呆子偏见啊! 只是,除非你打算从事专业的歌唱或运动员职业,否则,学习终究应该被放在学校日程安排的优先位置上。去上课,可以确保你能学到一些知识。参观考察,结果就不确定了。是不是有可能只是提供机会让学生们发发手机短信? 当然有可能! 但是参观考察有没有可能很有用、扩展我们的知识面? 也是当然的。

(英文原文于 2015 年 11 月 4 日发表在圣约翰学校的校报 *The Review* 上)

注:这是一篇"辩论式"文章,专注于课外实践考察的缺点。另一位同学的文章,专注于课外实践考察的优点。因此,对本文的观点需要辩证地看待。

为高中毕业后的"间隔年"正名

威廉姆·莫卡多的邻居是一座活火山,从他的家门口就可以看到。莫卡多说:"总是有烟雾不断地从火山口飘出来。"莫卡多是圣约翰学校的"另类"校友之一。他们无视学校的学术传统,选择在大学入学之前度过一个"间隔年"。

"间隔年"这个词起源于欧洲,是指在高中毕业之后、大学入学之前,花一年时间从事课外活动。20世纪60年代,一些欧洲政府认为,如果年轻一代去别的国家旅行,以此培养全球意识,就有助于避免未来的世界战争。圣约翰学校的大学申请指导员布莱恩·拉特利奇说,"根据全美大学录取协会的统计,选择了间隔年的学生更有可能按时从大学毕业"。

大多数大学允许那些已被录取的学生推迟一年入学。王丽娜也是圣约翰学校的"另类"校友之一。她已经被芝加哥大学录取,但决定在中国人民大学度过一个学期。她是一个非学位交换生,所以她在中国人民大学上的课程拿不到学分。不过她也无所谓。她给自己定成绩,所定的成绩取决于她与当地人的互动交流状况。王丽娜说:"我的日常交流用中文是可以的,但是更为正式的用法就差些。

我的中文写作还达不到我所期望的水平。"

其实,王丽娜的父母对她选择间隔年是很犹豫的。如果休学一年,王丽娜在芝加哥大学就会比同年级的学生大一岁。王丽娜说:"随着我们的成长,年龄越来越不是问题,况且仅仅是一年的差别而已。"中国人民大学对非学位交换生的要求没有对学位生那么严格。王丽娜说:"很多压力是自己施加的。但是如果你不激励自己,谁会激励你?"

莫卡多参加的项目有个别致的名称——"乡村通道"(Rustic Pathways)。这个项目有一个标准的申请过程:学生需要写申请文章、提交财务资料并通过电话面试。莫卡多解释道:"我之所以选择这个项目,是因为我想流利地讲西班牙语。"在这个项目中,学生们会在秘鲁、哥斯达黎加和多米尼加共和国分别度过一个月的时光。

莫卡多将回到休斯敦来过寒假。他们这个小组已经走遍秘鲁,参观了马丘比丘和亚马逊雨林。莫卡多说:"我们必须躲避蚊子、黄蜂和水蟒。"这些学生曾经在一个小村庄作短暂的停留,建了一个水箱,给当地的村民提供干净的饮用水。

王丽娜形容自己的日常生活与她那些在美国的朋友没什么区别。她早早起来上课,下午如果没有课,就去图书馆做作业,或者与朋友们聊天。王丽娜的时间安排比一般的大学生更为灵活。在中国的国庆节期间,她和妈妈一起去日本旅行了一周。

王丽娜之所以选择间隔年,是因为她对自己的未来不确定。她说:"成为一名律师听起来像一个很棒的职业生涯,但事实上我并不知道那对我意味着什么。"在离开中国人民大学之后,她打算在有兴趣的领域先实习一下,譬如司法界或媒体界。她希望到第二个学期,她就可以决定自己的主攻方向了。用她的话来说,"我就是那种考进大学却还没有申报专业方向的人"。

王丽娜和莫卡多都认为人们对间隔年存在误解。莫卡多说:"我和我那些已经在大学入学的朋友交谈。他们入学不到一年,就已经精疲力竭了。人们常常认为,如果休学一年,就会忘记很多知识,其实并不是这样。"在王丽娜看来,这种误解来自学校的文化传统。她说:"圣约翰学校就是这么一个正统派。常规的步骤是上四年的高中,然后上四年的大学。我知道选择间隔年是非常规的,但我绝不后悔。"

（英文原文于 2014 年 9 月 14 日发表在圣约翰学校的校报 *The Review* 上）

Gap year provides opportunities fo

by Sophia Li

William Mercado's next door neighbor is a volcano, which can be seen from the front door of his homestead.

"There's a bunch of gas coming up at all times," Mercado ('14) said.

Mercado is one of a handful of graduates who disregards the academic norm and choose to take a gap year before college.

Defined as a period between high school and college during which a student pursues extracurriculars or travel for enlightenment, the term gap year was first coined in Europe after European governments decided that future world wars could be prevented by having younger generations travel to other countries and gain global awareness.

"Students who take gap years are shown to be more likely to graduate on time, according to the National Association for College Admission," college counselor Bryan Rutledge said.

Most colleges give students the option to defer for a year. Lydia Liu ('14) will matriculate to the University of Chicago but decided to spend a semester at Renmin University in Beijing before enrolling.

Liu is a non-degree-seeking exchange student, so she does not receive a grade or credit for her courses. Liu assigns herself grades based on how well she interacts with native Chinese speakers.

"I like to say that I am fluent in

of more formal usages, my written Chinese isn't as fluent as I want it to be," Liu said.

Liu's parents were hesitant to send their daughter on a gap year since she would then be a year older than her peers at UChicago. At SJS, Liu took advanced courses and was often in class with upperclassmen. Because she has taken a year off, Liu will join the class of 2019 in college.

"As we get older, age matters less and less, especially just one year," Liu said.

Renmin's application is less stringent for exchange students than for natives.

"There's a lot of self-imposed stress," Liu said, "But who will motivate you if you do not motivate yourself?"

Mercado's program, Rustic Pathways, had a similar application process. Students wrote essays, submitted financial information, and were interviewed by phone.

"I picked this program because I wanted to become fluent in Spanish," Mercado said.

In the Rustic Pathways gap semester, students will spend a month each in Peru, Costa Rica and the Dominican Republic.

Mercado will return to Houston for winter break. He plans to intern with G.O. Ministries for the spring semester.

The group has already traveled all over Peru, visiting Machu Picchu and the Amazon rainforest.

"We had to avoid mosquitoes,

Students also stopped in a small village, where they built a water tank to provide clean drinking water.

Liu describes her average day as similar to that of her friends' back in the US. She wakes up early for morning classes and if she is free in the afternoon, she goes to the library for homework or talks to friends.

Liu has a more flexible schedule than one typically would at an American college. For China's National Day, Guo Qing, Liu traveled with he mom to Japan for a week.

Liu took a gap year because she wa unsure of her future plans.

"Being a journalist sounded like a great career path, but I actually didn know what that entailed," Liu said.

After she leaves Renmin, Liu in-

一名乒乓球选手的奋斗之路

每天放学后，高年级的男生们会在健身房排队去打乒乓球，不过他们只是为了娱乐。但是高二学生李安娜（化名）却是为了参加全国性的乒乓球大赛。

对于职业选手而言，把 table tennis 和 ping-pong 混淆几乎是个侮辱。艾米莉亚·格奥尔基（Emilia Gheorghe）是美国国家女子乒乓球队的教练。她说："table tennis 是一项专业性的体育运动，而 ping-pong 则是你在朋友家地下室里进行的一项娱乐活动。"* 李安娜是格奥尔基的学生之一，她在这个问题上保持中立。她认为这个真的没关系，两种称呼她都用。

李安娜在八岁时参加了第一场比赛，其实她最初并不喜欢这项运动。她的父母看到了她的潜力，希望她能坚持训练。李安娜解释道："他们希望我能坚持下去。他们想让我从事一项不易受伤的运动。"随着运动生涯的继续，她对乒乓球的厌恶感渐渐消失，取而代之的是对这项运动的热爱。

李安娜逐渐开始参加更严格的训练。她现在每年在

---

* table tennis 和 ping-pong 都译为乒乓球，故此处不再翻译，而是保留英文。但后文中不再区分，统一译为"乒乓球"。——译者注

休斯敦乒乓球俱乐部的练球时间超过 1 150 个小时。她平时每天训练两个小时,周末训练四个小时。对她来说,"并不觉得自己因为乒乓球的训练而牺牲了很多时间。相反,打乒乓球也是一种休闲活动,能帮我摆脱学校的压力"。

到了夏天,她的训练时间就显著增加了。她早上八点半到达俱乐部,九点以前作热身准备。然后,上午的时间就一直用来和同伴们打比赛。下午她会在俱乐部休息到五点,然后和教练打半个小时的比赛。她补充道,"在那之后,我还会在那儿再待一两个小时,和同伴们打球。总之,每天大概花五到六个小时打球,天天如此"。

九岁时,李安娜参加了 2008 年的美国 Aliana 杯乒乓球公开赛。她说:"当然了,我输掉了所有比赛。我的比分是零,但还是得到了 400 分的积分。"

美国乒乓球协会是美国国家乒乓球联赛的举办组织。一位球员的积分代表了他的资历,由他的参赛结果及对手的资历和水平一起决定。"菜鸟"运动员从零开始,超过 2 800 分积分的专业运动员则被归到精英队伍里,其中包括世界上最优秀的选手。

李安娜在她参加的第二次锦标赛——2009 年美国公开赛——中高歌猛进。她的积分从 414 分一路飙升到 1 045 分。她说,"目前我在全美青年队中排名第五,整体排名第九"。她已经参加了四次美国公开赛、四次全美竞赛,还有 2009 年、2011 年、2012 年和 2013 年的青奥会。她解释道:"2010 年夏天,我去了中国,所以那年没有参加美国公开赛和青奥会。"

李安娜目前的积分是 2 192 分,这意味着她已经成了一名专业选手。但是对于未来的乒乓球生涯,她并不确定。她承认有参加奥运会的可能性,但差距还很明显。她说:"即使我努力备战,也还有很长的一段路要走。"

(英文原文于 2014 年 10 月 20 日发表在圣约翰学校的校报 *The Review* 上)

DON'T CALL IT PING-PONG
Sophomore table tennis expert

by Sophia Li

Every day after school, students line up to play ping-pong outside of Senior Country. They play for bragging rights, but sophomore Laura Huang, a nationally ranked table tennis player, could crush them all.

For professional competitors, confusing ping-pong and table tennis is a grave insult.

"Table tennis is a professional sport," said Emilia Gheorghe, coach of the U.S. National Cadet Girls' Table Tennis Team. "Ping-pong is that game you play in your friend's basement."

Huang, who trains with Gheorghe, remains neutral on this subject.

"It really doesn't matter. I call it both," Huang said.

Huang played her first match at the age of eight, but she did not take to the game at first. Her parents, noticing her potential, advised her to pursue the sport.

"They made me continue," Huang said. "Plus, they wanted [a sport] where I couldn't get hurt."

As Huang continued to play, her aversion faded and a passion for table tennis soon emerged. Huang began to train more vigorously with her coaches and teammates and now plays over 1,150 hours annually at the Houston Table Tennis Club.

"I don't feel as if I sacrifice a lot of time," Huang said. "Table tennis is a break from school and from stress."

Huang's practice hours increase during the summer. On weekdays, Huang arrives at the club at 8:30 a.m. to warm up for half an hour. For the rest of the morning, she scrimmages with other players. In the afternoon, Huang rests at the club until 5 p.m., and then plays an hour's worth of games with her coaches.

"After that I stay there for another hour or two and just play with other members," Huang said. "It is around five to six hours a day, every day."

At the age of nine, Huang entered the 2008 U.S. Aliana Open tournament, a Houston competition sanctioned by the USA Table Tennis League.

That year, as a rookie, she lost every match. Her rating was zero.

"I still got 400-something points," Huang said.

USA Table Tennis is the presiding organization for national table tennis tournaments. Player ratings, which are determined based on the outcome of a match and the rating of the opponent, indicate the experience level of a player. Rookies start at zero, and professionals with ratings of over 2,800 are grouped into the elite category, which consists of the best players in the world.

Huang fared significa in her second tournam U.S. Open, where her from 414 to 1,045.

Huang is currently ra the nation in the junio ninth overall. She has c both the U.S. Open an Nationals four times.

She played in the 20 and 2013 Junior Olym

高中男排遭遇滑铁卢

11月6日,圣约翰学校的高中男子排球队,来到位于德州首府奥斯汀的圣斯蒂芬主教学校,参加西南赛区的高中男排锦标赛。队长马库斯·曼卡携带着球队的幸运符——一颗硕大的橡子。

高四年级的队员亚历克斯·加耶夫斯基说:"马库斯在毕业班专用的停车场的一棵树底下,发现了这颗硕大的橡子。他指定其为我们球队的吉祥物。"

这次参赛的队伍以老将居多,16名队员中的10名核心成员都是高四毕业班的。主教练查尔斯·胡立特也为球队的成功立下了汗马功劳。

高四年级的队员约瑟夫·汉森说:"胡立特教练能在球场上最大限度地发挥我们球队的潜力。他把每个球员都放在能够最大限度地发挥自己能力的位置上。通过这种方式,我们不仅仅是打得很努力,并且打得很聪明。"

队员们的天分和科学的训练方式取得了很好的结果:在来参加这个竞标赛之前,这支球队在常规赛季中保持了不败的纪录。他们击败了休斯敦城中的所有学校,赢得了休斯敦杯,信心爆棚地来参加西南赛区的锦标赛。

高四年级的队员亨特·哈斯利说:"都已经走到这一步了,我们相信我们一定会大获全胜的。"

首场比赛在上午 10 点开始,对战沃尔夫斯堡队。圣约翰学校的越野长跑队也在奥斯汀参加比赛。这些同学和男排队员的家长们,在场边为队员们欢呼鼓劲。

加耶夫斯基说:"比赛场地的地板太滑了,就像好几年都没有打过蜡似的。场上的每个人都磕磕碰碰。不过我们还是坚持下来了,并打出了我们最好的水平。这是一场非常精彩的比赛。"

球队以 3∶1 的比分击败了沃尔夫斯堡队。接下来的比赛是对阵绿山学校队。这支球队在之前的比赛中以 3∶0 的比分击败了圣斯蒂芬主教学校队。

加耶夫斯基说:"对阵绿山学校队,我们没有对沃尔夫斯堡队那么有获胜的把握,因为绿山队是一支劲旅。但是,我们过去也击败过他们,所以我们对赢得比赛、进入总决赛还是蛮有信心的。"

他们输掉了第一局。汉森说:"第一局输掉后,我们并不是十分担心,因为即使一支优秀的球队也会偶尔输掉一局的。这不是太大的问题,我们都期待着重返赛场,连胜三局。"

球队在这场比赛中五局三胜才能晋级、参加决赛,所以,在第二局开始时,他们还是有机会的。

可是,他们输掉了第二局。

加耶夫斯基说："我们对于输掉这一局有点儿沮丧，因为双方的比分一直都咬得很紧。绿山队只是以微弱的优势取胜。我们是那么接近，却还是输了。到那时，我们已经打了一个半小时，浑身是汗，极度疲惫。"

为了晋级，球队必须赢得剩下的三局。否则，他们就不能参加竞标赛的冠军争夺赛了。

加耶夫斯基说："我们的队长保罗、马库斯和加布很值得称赞。尽管大家的情绪很低落，但当我们跑去饮水时，他们仍然鼓励我们，告诉我们不要放弃，我们仍然有机会赢得比赛。"

当他们赢得了第三局比赛时，整支球队重获信心。

汉森说："当时，我们真的很乐观，认为我们已经回到胜利的轨道上来了。尽管目前是对方 2∶1 领先，但是我们已经准备好了，要赢得第四局，继而赢得整场比赛。"

遗憾的是，他们输掉了第四局，从而丧失了争夺总冠军的机会。

汉森说："我们球队今年有 10 个毕业班的队员。对我们 10 个人来说，这是我们最后一次征战西南区锦标赛的机会，因为这是我们高中的最后一年。可是，我们却输了。"

哈斯里认为圣约翰队和绿山队水平相当。他说："我们没能在比赛中完全发挥出自己的实力。大家最后都感到很失落。"

绿山队后来以 3：0 的比分横扫卡萨迪队，获得了西南区锦标赛的冠军。

比赛结束后，球员们回到酒店洗澡，准备吃晚饭。

加耶夫斯基说："我们坐上球队的巴士去附近的餐馆吃饭。车里真的很安静。我们仍然对输给绿山队感到惋惜。我们当时很悲伤。说实话，直到今天我还是有点儿难过。"

但气氛很快就活跃起来了。

加耶夫斯基说："我们意识到，输给绿山队又不是天塌下来。所以在吃晚饭的时候，我们就不再郁闷了。我们开怀大笑，互相开玩笑、扔食物。之后，我们回到酒店，美美地睡了一觉。第二天 9 点钟醒来，跑到越野长跑队比赛的地方，给他们欢呼打气，非常开心。"

下午 1 点，球队和圣马可学校队有个季军争夺赛。最后，圣马可学校队以 3：2 的比分险胜。

加耶夫斯基说："这是一场不相上下的比赛。我们队打得很好。虽然输了这场比赛，我们却没有感到太惋惜。比赛结束后，我们和圣马可学校队的队员一起出去欢聚。尽管有竞争，他们队里的一些人还是我的好哥儿们。"

汉森依旧为他们的球队感到骄傲。

汉森说："我们的队伍很强大，而且我们在这个赛季已经表现得很好了。我们不会以一场输掉的比赛来衡量自己的队伍是否成功。我对于我们的队伍在这个赛季中的总体表现感到十分满意。"

（英文原文于 2015 年 12 月 9 日发表在圣约翰学校的校报 *The Review* 上）

Undefeated sea

by Sophia Li

Heading into the SPC tournament the boys' volleyball team was undefeated.

The team was experienced with a core of 10 seniors. The team is coached by Chaz Hulett.

"Coach Hulett is a mastermind at maximizing our team's potential on the court," senior Joseph Hanson said. "He places each player in positions that amplifies their abilities. In this way, we're able to play smart, not just

ofile of the **Online**
w athletic trainer

嫉妒在情人节的花束中蔓延

情人节送花曾是校园生活中的一件大事儿,现在却变成了一场高赌注的赌博。

2 月 14 日前的一整周简直是一个充满算计的过程。人们估算有多少人会给自己送花;为了能收到别人的回赠,还要琢磨自己要给多少人送花。

一个可能发生的过程是这样的:周一,一位朋友说要送我玫瑰花,这却使我陷入了一个窘境。这样的礼尚往来当然有必要,但是我对这样的互换活动却一贯持冷漠的态度。我可不愿意在凛冽的寒风中走到花店里去买花。如果我不送花给她,估计她会发疯,并且会在以后的争吵中屡屡提起。但是如果我做了"正确"的事——买花送给她,我可能会因此染上重感冒,病上一个礼拜,那么她又成犯错的人了。

这是一场机遇与风险并存的游戏。你出牌或者叫牌。当你每一轮把钱投进去的时候,都需要非常小心。如果你没有实力,就有可能破产。但如果你出对了牌,又能做到不动声色,你就可能中头彩。虽然德州扑克很好玩儿,但学生们需要知道,即使是用鲜花来赌博,你也要超过 21 岁噢。

因此,我对学生事务委员会*最近出台的政策举双手赞成。这项政策规定,每人只能送五朵花(你能收到多少朵花就看你的魅力了)。我个人很喜欢花,曾经花了六个月的时间在陶瓷艺术课上制作一个瓷花系列。尽管如此,我还是相信这项新政策是一次好的变革。

想一想,让学生事务委员会来处理几百朵花,真是太不容易了。他们首先得买这么多花吧。然后还需要有一个加工的过程:(1)测量细绳;(2)裁剪细绳;(3)拿卡片;(4)为卡片打孔;(5)在孔里穿绳子;(6)捆绑花束;(7)把玫瑰花束和卡片放到各个教室里去。做这些工作,没有机器,也没有装配线,只有一些汗流浃背、筋疲力尽的人,一遍又一遍地重复这个无聊的过程,浪费自己宝贵的精力,只是为了满足那些肤浅的人。这是艰苦的,也是无聊的。

鲜花其实没有什么实际用处,尽管它们看上去很美。一朵玫瑰仅仅表示你还算受欢迎,让你的虚荣心满足一天,在那之后你都想不起来把花插进水里。总之,情人节也就是普通的一天而已。它来了,又走了。即使那天没有人送你玫瑰,你也别伤心。花儿只是漂亮的植物,没有什么实际价值,太多的花粉甚至会导致你的鼻子过敏哦!

(英文原文于 2015 年 2 月 11 日发表在圣约翰学校的校报 *The Revew* 上)

---

* 在圣约翰学校,为了方便,学生通过学生事务委员会订花和送花。有意送花的同学提交一张订单,指明要订多少朵花,要送给谁。

情
人
节
的
玫
瑰

教师的女儿卖曲奇饼卖出了新高度

历史老师约瑟夫·苏莱曼帮助他的女儿卖女童子军曲奇饼,简直卖出了一个新高度。他今年不再在教师休息室里发放曲奇饼订单了。得知这一消息时,有些老师感到很失望。

图书管理员佩格·帕蒂克说,"苏莱曼老师把预订单拿走了,这让我很伤心。幸好,我的先生能帮我搞到几盒曲奇饼。"

苏莱曼老师曾把卖曲奇饼的海报张贴在教室休息室里。但是不久,他就发现快速增长的订单量让他们不堪重负。他说:"我们卖了太多的曲奇饼。我必须找到每个预订的人,把曲奇饼和感谢信送给他。第一年我们卖了两百多盒,第二年卖了将近三百盒。"

今年,苏莱曼老师只在他的班级里进行宣传,想购买女童子军曲奇饼的学生需要到他的教室里来签预售单。苏莱曼老师的女儿——伊莎贝尔——现在上四年级。他为他女儿的曲奇饼事业取得如此的成功感到十分骄傲。他说:"我的家人可以提供一流的服务。我的太太喜欢做手工。当人们从我们这儿购买女童子军曲奇饼时,她会用精致的纸袋把曲奇饼包装好。"伊莎贝尔还给每一位顾客写卡片，以表示感谢。

在苏莱曼老师看来，销售女童子军曲奇饼是伊莎贝尔人生中的重要一课。他说："如果你想教小孩子什么是资本主义，可以让他们尝试努力工作。当然了，最后的苦差事都是爸爸妈妈完成的。"

助理教务主任詹妮弗·库尔担任他女儿的二年级女童子军123008小分队的领队。他希望他的女儿——艾米——能独立地与顾客交流。库尔老师说："销售女童子军曲奇饼的初衷是为了培养孩子们的领导力和责任心。让女孩儿们去销售曲奇饼，可以赋予她们足够的自主权，激发她们的领导力，让她们敢于和顾客交流，同时也学到财务方面的知识。这件事还可以让女孩儿们学会确立目标。"

虽然女童子军曲奇饼的销售只是季节性的，但是生意却十分红火。如今，在美国，女童子军曲奇饼已经成为1月到4月销量最高的曲奇饼品牌，甚至打败了经典的畅销品牌奥利奥。

2015年是123008小分队第一年销售曲奇饼。库尔老师担任销售经理，他参加会议，制订销售方案。他说："在这些会议开始之前，我对于销售女童子军曲奇饼一无所知。现在我在这方面已经获得了'资格认证'。我简直想把这个经历写进我的简历里，我很为之骄傲。"

销售曲奇饼并不像看起来那么简单。库尔老师说：

"整个团队要经历一个培训和计划的过程：如何安全地销售，如何处理订单，如何收款，以及如何和顾客交流。"尽管每个成员都设计了自己的"销售说辞"，123008 小分队的成员们还是很快就发现，在如今的市场上这些"说辞"已经不再重要了。

库尔老师说："我们曾试着这样开始对话，'您好，我的名字是……'但是只要一看见小姑娘穿着棕色的背心、手里拿着点儿饼卡，大家都知道她们是干什么的。这让曲奇饼销售变得简单起来。"

女童子军还提供给顾客订购"虚拟曲奇饼"的选择，这些虚拟曲奇饼中的很大一部分被送给美国的军人。库尔老师说，"有时顾客会说，'我买一盒曲奇饼，但是想把它送给军人'。如果是这样，女童子军就会把曲奇饼收集起来送到各个军队去。这些曲奇饼将为士兵们的生活增添一抹亮色"。

今年库尔的团队总共销售了 3 634 盒曲奇饼。薄荷口味的曲奇饼是最受欢迎的，总共收到 1 080 盒的订单。他的团队实行"无损耗"销售，意味着在整个过程中没有曲奇饼破损或丢失。库尔老师说："小弟弟小妹妹'一不小心'拿了一盒曲奇饼，这样的事情不是不可能发生的。"

（英文原文于 2015 年 4 月 20 日发表在圣约翰学校的校报 *The Review* 上）

女童子军曲奇饼